한림신서 일본현대문학대표작선 28

일본근대동화집
주문 많은 요릿집

한림신서 일본현대문학대표작선 ㉘

일본근대동화집

주문 많은 오릿집

미야자와 겐지 외 지음 · 지명관 옮김

小花

한림신서 일본현대문학대표작선 28
주문 많은 요릿집 — 일본근대동화집

초판인쇄 _ 2004년 5월 10일
초판발행 _ 2004년 5월 20일

지은이 _ 미야자와 겐지 외
옮긴이 _ 지명관
발행인 _ 고화숙
발행 _ 도서출판 소화
등록 _ 제13-412호
주소 _ 서울시 영등포구 영등포동 94-97
전화 _ 2677-5890(대표)
팩스 _ 2636-6393
홈페이지 _ www.sowha.com

ISBN 89-8410-245-8
ISBN 89-8410-108-7(세트)

☆잘못된 책은 언제나 바꾸어 드립니다.
값 6,300원

역자의 말 · 6

호수의 여인 / 스즈키 미에키치(鈴木三重吉) · 9

언덕 위의 집 / 스즈키 미에키치(鈴木三重吉) · 21

게으름뱅이 / 스즈키 미에키치(鈴木三重吉) · 27

빨간 배 / 오가와 미메이(小川未明) · 34

들장미 / 오가와 미메이(小川未明) · 43

임금님의 그릇 / 오가와 미메이(小川未明) · 48

선생님과 아이의 어느 날 / 오가와 미메이(小川未明) · 56

착한 할아버지 이야기 / 오가와 미메이(小川未明) · 64

내 동생 하루 / 다케히사 유메지(竹久夢二) · 72

삼형제 / 기쿠치 간(菊池 寬) · 77

거미줄 / 아쿠타가와 류노스케(芥川龍之介) · 101

주문 많은 요릿집 / 미야자와 겐지(宮澤賢治) · 108

첼로 켜는 고슈 / 미야자와 겐지(宮澤賢治) · 123

노래하는 시계 / 니미 난키치(新美南吉) · 149

소를 맨 동백나무 / 니미 난키치(新美南吉) · 162

여우 / 니미 난키치(新美南吉) · 183

역자의 말

여기에 1945년 이전에 나온 일본의 대표적인 아동문학 명작선을 펴낸다. 1910년경부터 시작하여 1943년에 이르는 작품들이다. 모두가 일본적인 애환을 담은 따뜻하고 어딘가 애수를 품고 있는 작품들이다.

스즈키 미에키치(鈴木三重吉, 1882~1936)

스즈키는 예술로서의 아동문학을 생각하면서 1918년 동화와 동요의 잡지 『붉은 새』(赤い鳥)를 창간하여 큰 영향을 끼쳤다. 스즈키는 여기에 작고하기까지 매호 그 자신의 동화를 실어 많은 영향을 주었다.

오가와 미메이(小川未明, 1882~1961)

처음에는 소설가로 출발하지만 스즈키가 『붉은 새』를 시작하자 예술로서의 동화동요 운동에 참가하여 스스로 많은 동화를 창작하게 된다. 매우 낭만적인 경향을 띤 작가였다.

다케히사 유메지(竹久夢二, 1884~1934)

폭 넓게 활동한 동화작가이지만 삽화가로 도리어 유명했다. 그의 삽화는 주로 우수에 잠긴 아름다운 여성을 그린 '유메지식' 여성형으로 인기를 누렸다.

기쿠치 간(菊池 寬, 1888~1948)

「삼형제」도 『붉은 새』에 게재된 작품이지만 원래 기쿠치는 뛰어난 소설가였고 특히 대중소설가로 대단한 인기를 누렸다. 그는 특히 일본의 대중잡지 『분게이 슌주』(文藝春秋) 창시자로서 유명하고 분게이 슌주사는 수많은 출판을 하여 일본에서 큰 자리를 차지하게 된다.

아쿠타가와 류노스케(芥川龍之介, 1892~1927)

아쿠타가와도 『붉은 새』의 창간에 관여해 스즈키의 권고로 동화를 써서 발표했으나 원래 그는 뛰어난 단편소설가였다. 1920년대의 불안한 시대 속에서 그는 스스로 목숨을 끊었다.

미야자와 겐지(宮澤賢治, 1896~1933)

미야자와는 고등농립학교 출신으로 농업학교 교사였으며 가난한 농민에 대한 사랑으로 동화, 시 등 여러 작품을 남겼으나 생전에는 그다지 출판되지 못하였다. 불교적인 세계관에서 여러 작품을 남겼다.

니미 난키치(新美南吉, 1913~1943)

『붉은 새』에 투고함으로써 문학을 시작했지만 폐결핵으로 29세의 젊은 나이에 세상을 떠났다. 향토 서민의 생활 감정이 짙게 스며들어 있는 그의 동화는 높은 평가를 받았다.

일본의 많은 아동문학 작품 중에서 극히 일부를 여기에 소개한다. 오늘의 우리에게는 향토색 짙은 옛이야기로 들려올지도 모른다. 원래 한림대학교 대학원 일본학 전공의 학생들이 성심껏 번역한 것을 역자가 다시 상세히 검토하고 수정을 가해서 내놓는다.

지난날의 일본 그리고 어린이 나아가서는 그들을 위한 동화의 세계를 이해하는 데 도움이 되었으면 한다. 작품은 될 수 있는 대로 작가의 연대와 시대 순서에 따라 배열하려고 했다. 일본의 지난날, 그 어린이 세계, 일본의 감성을 이해하는 데 도움이 되었으면 한다.

2004년 3월
지명관

호수의 여인

스즈키 미에키치(鈴木三重吉)

1

옛날 옛날, 어느 산 위에 한적한 호수가 있었습니다. 가까운 마을에 긴이라는 젊은이가 어머니와 둘이서 살고 있었습니다.

어느 날 긴이 호숫가로 소를 몰고 가서 풀을 먹이고 있었는데, 바로 호수 한가운데 젊은 여인이 두둥실 떠서 금빛으로 조용히 머리를 빗고 있었습니다. 그 얼굴이 거울에 비친 것처럼 또렷이 물에 비치고 있었습니다. 무어라 말할 수 없이 아름다운 여인이었습니다.

긴은 한동안 서서 바라보고 있었습니다. 그러는 사이에 왠지 자기가 가지고 있는 보리로 만든 빵과 버터를 그 여인에게 주고 싶어져서 가만히 물가로 내려갔습니다.

여인은 이윽고 머리를 다 빗고 나서 사뿐사뿐 이쪽으로 걸어왔습니다. 긴은 말없이 빵과 버터를 내밀었습니다. 여인은 그것을 보자 머리를 저으며

"거친 빵을 가진 이여,

나는 좀처럼 잡히지 않아요."

라고 말하고는 물 아래로 쑥 들어가 버리고 말았습니다.

긴은 실망해서 소를 몰고 맥없이 집으로 돌아왔습니다. 그리고 어머니께 모든 것을 이야기했습니다. 어머니는 여인이 한 말을 이리저리 생각하시고는

"역시 거친 빵은 싫어하는가 보다. 이번엔 굽지 않은 빵을 가지고 가거라." 하고 가르쳐 주셨습니다. 그래서 긴은 그 다음날은 가루를 반죽만 하고 굽지 않은 빵을 가지고 아직 해도 뜨기 전에 서둘러 호수로 갔습니다.

그러는 동안에 해가 산 위로 솟았고 점점 하늘로 떠올랐습니다. 긴은 그로부터 점심 무렵까지 꼼짝 않고 물가에서 기다리고 있었습니다. 그러나 호수에는 다만 금색의 햇빛이 반짝일 뿐 어제 그 여인은 아무리 기다려도 나오지 않았습

니다.

　마침내 저녁이 되었습니다. 긴은 이제 단념하고 집으로 돌아가려고 하였습니다.

　그러자 바로 그때, 석양을 받은 수면 아래로부터 드디어 여인이 나타났습니다. 보니까, 어제보다도, 더욱 아름다운 모습이었습니다. 긴은 너무나 기쁜 나머지 말도 못하고, 잠자코 빵가루 반죽한 것을 내밀었습니다. 그러자 여인은 역시 고개를 저으며

　"눅눅한 빵을 가진 사람이여,

　나는 당신의 집으로는 가고 싶지 않아요."

　이렇게 말하고, 상냥하게 미소를 짓나 싶더니, 다시 그대로 수면 아래로 숨어 버리고 말았습니다. 긴은 할 수 없이 터벅터벅 집으로 돌아왔습니다.

　어머니는 그 얘기를 듣자

　"그러면 딱딱한 빵도 부드러운 빵도 싫다니까, 이번에는 반만 익힌 것을 가지고 가렴." 하고 말하였습니다.

　그날 밤 긴은 한숨도 자지 않고 날이 새기를 기다렸습니다. 그리고 겨우 하늘이 훤해지자, 서둘러 호수로 나갔습니다. 그런데 얼마 지나지 않아 비가 내렸습니다. 긴은 흠뻑 젖은 채, 이날도 저녁 무렵까지 서 있었습니다. 그렇지만 여인

은 좀처럼 나타나지 않았습니다.

끝내는 호수도 점점 어두워졌습니다. 긴은 실망해서, 이제 집으로 돌아가려고 생각하였습니다. 그런데 뜻밖에 한 무리의 소가 호수 속에서 떠올라서, 태연스럽게 이쪽을 향해 걸어오는 것이 아니겠어요.

긴은 그것을 보고, 어쩌면 저 소 뒤에서 호수의 여인이 나타나는 것이 아닌가 싶어 물끄러미 바라보고 있는데, 아니나 다를까 이윽고 여인도 나오는 것이었습니다. 어제보다 더 아름다운 모습이었습니다. 긴은 갑자기 첨벙하고 물 속으로 뛰어내려 다가갔습니다.

여인은 오늘은 긴이 내민 빵을 미소를 지으며 받아들고, 긴과 함께 호수가로 올라왔습니다. 긴은 그때, 여인의 오른쪽 구두끈의 매듭 모양이 왼쪽과 다른 것을 얼핏 보았습니다. 긴은 간신히 입을 열어

"나는 당신을 대단히 좋아합니다. 제발 내 아내가 되어 주세요." 하고 애원하였습니다.

그러나 여인은 쉽사리 들어주지 않았습니다. 긴은 온갖 말로, 몇 번이나 몇 번이나 애원하였습니다. 그러자 호수의 여인은 마지못한 듯 겨우 승낙하며

"그러면 당신의 아내가 되어 드리지요. 그렇지만 앞으로,

내가 아무 나쁜 일도 하지 않았는데 함부로 때린다든가 하면, 세 번째에는, 나는 곧 호수로 돌아와 버릴 텐데 그래도 괜찮겠어요?" 하고 다짐을 하였습니다. 긴은

"그런 난폭한 일은 결코 하지 않으리다. 당신을 때릴 정도라면, 그보다 먼저 내 손을 잘라 버리겠습니다." 이렇게 말하며 굳게 맹세를 하였습니다.

그러자 무슨 이유인지 호수의 여인은 갑자기 묵묵히 호수 안으로 내려가 소와 함께 휙 하고 모습을 감춰 버렸습니다. 긴은 깜짝 놀라서 불쑥 뒤를 쫓아 뛰어들려고 했습니다. 그러자 뒤에서

"여보게, 기다리게. 그렇게 허둥대지 않아도 괜찮네. 이쪽으로 오게."

하고 누군가가 큰 목소리로 불러세우는 것이었습니다. 뒤를 돌아보자, 조금 떨어진 곳에 머리가 하얗게 센 품위 있는 할아버지가 두 젊은 여인을 데리고 서 있었습니다. 긴은 두려워하면서 옆으로 갔습니다. 자세히 보자, 그 여인 중 한 사람은 지금 막 물 속으로 사라져 버린 호수의 여인이었습니다. 그리고 다른 한 사람도 이상하게도 조금 전에 자기의 아내가 되겠다고 말했던 같은 여인이었습니다. 긴은 자신의 눈이 어떻게 잘못 되지 않았나 하고 생각했습니다. 할아버지는

"애들은 둘 다 내 딸아인데, 자네는 두 딸 중에 어느 딸이 맘에 드는가, 그것을 분명하게 가르쳐 주게. 그러면 소원대로 아내로 삼게 해 주지." 하고 정답게 말해 주었습니다.

  긴은 열심히 두 사람을 비교해 보았습니다만, 두 사람은 얼굴도, 키도, 옷도, 치장한 것도 완전히 빼닮아서 조금도 분간이 가지 않았습니다. 만약 틀리면 끝장인데 하고 생각하자, 긴은 제정신이 아니었습니다. 그렇지만 언제까지 비교해 보아도 판단이 서지 않아 어떻게 하면 좋을지 곤란해 하자, 두 사람 중 한 사람이 한쪽 발을 살며시 앞으로 내밀었습니다. 눈에 보이지 않을 정도로 조금 움직였을 뿐이지만, 그 한쪽 발에 구두끈이 전에 얼핏 보았던 것처럼 다르게 묶여 있는 것을 알 수가 있었습니다. 긴은 드디어

  "알았습니다. 이분이요" 하고 용기 있게 앞으로 나가 그 여인을 가리켰습니다. 아버지는

  "과연 잘 맞췄네. 그럼 이 딸을 줄 테니까 집으로 데리고 가게. 나는 딸이 단숨에 셀 수 있는 만큼의 양과 소, 산양, 말 그리고 돼지를 축하선물로 주기로 하지. 하지만 자네가 이제부터 내 딸을 무슨 잘못도 없는데 세 번 때리면 금방 이곳으로 데리고 오고 말거야." 하고 말했습니다. 긴은 크게 기뻐하며

  "아니아니, 절대 그런 일은 없습니다. 이분을 때릴 정도라

면, 제 손을 자르겠습니다" 하고 다시 한 번 할아버지에게도 맹세를 했습니다. 할아버지는 그것을 듣자 안심하고 나서, 딸을 향해 네가 가지고 싶은 양(羊)의 수를 단숨에 말해 보렴 하고 말했습니다.

딸은 곧

"하나, 둘, 셋, 넷, 다섯. 하나, 둘, 셋, 넷, 다섯. 하나, 둘, 셋, 넷, 다섯." 하고, 단숨에 될 수 있는 대로 다섯씩 세었습니다. 그러자 센 숫자만큼의 양이 물 속에서 나왔습니다.

할아버지는 이번에는 소를 단숨에 세어보라고 했습니다. 딸이 또 똑같이

"하나, 둘, 셋, 넷, 다섯. 하나, 둘, 셋, 넷, 다섯. 하나, 둘, 셋, 넷, 다섯." 하고, 숨이 다 될 때까지 수를 세자, 또 그 수만큼의 소가 호수 속에서 나왔습니다. 같은 식으로, 그 다음에는 염소, 염소 다음에는 말, 그리고 나서 돼지를 세어서 완전히 갖추었습니다. 그리고 소는 소, 염소는 염소, 종류대로 차례 차례 늘어섰습니다. 그러는 동안에 할아버지와 다른 딸은 어느 사이엔가 갑자기 자취를 감추어 버렸습니다.

호수의 여인과 긴은 더할 나위 없이 사이좋은 부부가 되어 즐겁게 살았습니다.

2

두 사람 사이에는 귀여운 아들 세 명이 태어났습니다. 그 중 맏이가 7살이 되었습니다.

그러던 어느 날, 아는 사람 집에 결혼식이 있어서 긴 부부도 초대를 받아 가게 되었습니다. 두 사람은 자기네 말이 풀을 뜯고 있는 들판을 가로질러 갔습니다. 그런데, 도중에 여인은 갈 길이 너무 멀어서 그만두고 집에 돌아가고 싶다고 했습니다. 긴은

"하지만 오늘은 둘이 가지 않으면 곤란해. 걷는 게 싫다면 당신은 말을 타고 가는 게 어때. 저기 있는 말을 한 필 잡아 두지 그래. 나는 그 동안에 집에 가서 고삐와 안장을 가져올 테니까"라고 말했습니다.

여인은 "그러지요. 그러면 말을 잘 붙들어둘 테니까 가신 김에 탁자 위에 있는 제 장갑도 가져다주세요"라고 말했습니다.

긴이 급히 돌아가서 안장과 고삐, 장갑을 가져와서 보니까, 여인은 아까 그 자리에 그대로 꼼짝 않고 서 있는 것이 아니겠습니까. 긴은

"왜 얼빠진 사람처럼 서 있어? 빨리 말을 붙들어 오지 않

고." 라면서, 가져온 장갑 끝으로 장난삼아 어깨를 살짝 쳤습니다.

"어머, 당신은 이제 저를 한 번 때렸어요. 제가 어떤 나쁜 일도 안 했는데."

여인은 한숨을 쉬면서 이렇게 말했습니다. 긴은 이 사람을 맞이할 때 약속한 것을 모두 잊고 있었습니다.

이윽고 여인은 말을 타고, 둘이서 결혼식 집에 갔습니다. 그리고 또 몇 년이 지나고 나서, 두 사람은 어느 날, 이번에는 어느 집 작명 축하연에 초대를 받아 갔습니다. 사람들은 저마다 자리에 앉아, 유쾌하게 술을 마시고 있었습니다. 그러자 호수의 여인은, 갑자기 눈물을 흘리며, 혼자서 슬픈 듯이 흐느껴 울기 시작했습니다. 긴은 놀라서, 살며시 그녀의 어깨를 두드리며, 어떻게 된 일인가 하고 물었습니다.

"하지만 저 죄도 없는 아기는, 몸이 너무 허약한 걸요. 저래서는 애써 태어났어도 이 세상의 즐거움을 누릴 수가 없어요. 두고 보세요. 틀림없이 병으로 고통스러워하다가 죽을 테니까요. 그러나 당신은 이번으로 두 차례 내게 손을 댔어요."

그 말을 듣고, 긴은 아차 하고 생각했습니다. 이제 한 번이 남았습니다. 또 한 번 무심코 손을 대기라도 한다면 여인은 이제 그만 물 속으로 돌아가 버리는 것입니다. 세 명의 아이들에게도 소중한 어머니이므로 가 버리면 그야말로 큰일입니다.

그 이후로 긴은 매일 조심하여, 그러한 일이 일어나지 않도록 주의하고 있었습니다. 그 후 얼마 지나지 않아, 긴 부부가 작명 축하연에 초대받아 갔던 아기가 심한 병에 걸려 죽고 말았습니다.

긴 부부는 그 집에 문상을 하러 갔습니다. 호수의 여인은 모두가 울면서 슬퍼하고 있는 가운데, 갑자기 즐거운 듯이 하하하 하고 웃기 시작했습니다. 모두가 어리둥절해서 그녀의 얼굴을 쳐다보았습니다. 긴도 깜짝 놀라서, 당황하여 그녀의 어깨에 손을 얹고서

"당신, 뭐하는 거야. 조용히 해요." 하고 말했습니다. 긴은 모든 사람들에게 민망하여 정말 얼굴이 화끈 달아오를 지경이었습니다.

"하지만, 기쁘잖아요? 아기는 이것으로 이 세상의 고통에서 벗어나, 하느님 곁으로 가는 것이니까요."

여인은 이렇게 대답하고

"그러나 당신은 이것으로 마침내 나에게 세 번 손을 댔어요. 그럼 잘 있어요." 하고 말하고 급히 그곳을 나가 버렸습니다.

그리고서 여인은 서둘러 집에 돌아와, 호수에서 나온 양과 소와 염소와 돼지를 불러모았습니다.

"잿빛 얼룩암소여,

큰 얼룩암소여,

작은 얼룩암소여,

흰 얼룩암소여,

모두 이리로 오너라.

풀밭에 있는

저 네 마리도 이리로 오너라.

또 잿빛 너도,

임금님이 계신 곳에서 온

흰 암소도

저 작고 검은 송아지도 어서 오너라.

자, 모두 돌아가자."

이렇게 부르자 여기저기서 풀을 뜯고 있던 소들은 서둘러 여인의 곁으로 모여들었습니다. 네 마리의 암소는 밭을 갈고 있었습니다. 여인은

"거기 잿빛 암소들아. 너희들도 집으로 돌아가자"라고 그 소들도 불렀습니다. 또한 양도 염소도 말도 돼지도 전부 모여들었습니다. 그리고는 줄을 지어 여인의 뒤를 따라 성큼성

큰 호수 속으로 돌아가 버렸습니다.

긴은 미친 사람처럼 뒤를 쫓아갔지만 이미 여인의 모습도, 소와 양과 말의 그림자조차도 보이질 않았습니다. 넓고 고요한 호수 위에는 단지 네 마리의 암소가 끌던 쟁기자국이 한 줄 남아 있을 뿐이었습니다.

긴은 너무도 슬픈 나머지 그대로 그 호수 속으로 뛰어들고 말았습니다.

남겨진 세 아이는 그리운 엄마를 찾아서 매일 훌쩍거리며 호숫가를 떠돌며 지냈습니다. 그러자 어느 날, 여인이 물 속에서 나와 세 아이를 달랬습니다.

"너희들은 커서 세상사람들의 병을 고쳐 주는 사람이 되거라. 그럴 수 있는 좋은 방법을 엄마가 가르쳐 줄 테니 이리로 오너라."

이렇게 말하고 세 아이를 어느 계곡으로 데리고 가더니 그곳에서 자라는 약이 되는 풀이랑 나무를 하나하나 가르쳐 주고는, 또다시 호수로 돌아갔습니다. 세 아이는 그 덕분에 나라에서 제일가는 의사가 되었고, 임금님으로부터 벼슬과 토지를 받아서 일생 동안 편안하게 살았습니다. 또한 많은 사람들의 병을 고쳐 주었습니다.(1961년)

언덕 위의 집

스즈키 미에키치(鈴木三重吉)

 언덕 위에 농가가 한 채 있었습니다. 집이 가난해서 일꾼을 둘 수가 없어, 어린 아들이 아버지와 함께 일하고 있었습니다. 소년은 날마다 쉬지 않고 들에 나가거나 곳간에서 일을 하였습니다. 그리고 저녁이 되면 겨우 한 시간만 마음대로 놀 수 있는 시간을 가질 수 있었습니다.
 그때가 되면 소년은 언제나 뒤에 있는 또 다른 언덕에 올라갔습니다. 그곳에 오르면 마을 몇 개를 지나 저 건너편 언덕 위에 금빛 창이 있는 집이 보였습니다. 소년은 매일 그 아름다운 창을 보러 갔습니다. 창은 언제나 잠시 동안 반짝반짝 눈부시게 빛나고 있습니다. 그러고는 그 집사람이 문을

닫는지 갑자기 빛이 사라집니다. 그러면 더 이상 다른 집들과 전혀 다르지 않게 됩니다. 소년은 저녁이니까 창을 닫나 보다 하고 생각하고 자기 집에 돌아가 우유와 빵을 먹고 잠자리에 들곤 했습니다.

어느 날 아버지는 소년을 불러

"너 그 동안 정말 열심히 일했구나. 그래서 오늘 하루 휴가를 줄 테니 어디든 다녀오너라. 다만 이 휴가는 신이 주셨다는 것을 잊어서는 안 돼. 빈둥빈둥 보내지 말고 무언가 좋은 것을 배워 와야 해" 라고 말했습니다.

소년은 매우 기뻤습니다. 그럼 오늘이야말로 그 금빛 창이 있는 집에 가 보려고 생각하고, 어머니에게 빵 한 조각을 받아, 그것을 주머니에 넣고는 집을 나섰습니다.

소년에게는 즐거운 소풍이었습니다. 맨발로 걸어가자 길의 하얀 먼지 위에 발자국이 생겼습니다. 뒤를 돌아보니 발자국이 길게 이어져 있었습니다. 발자국은 끝없이 소년을 따라와 줄 것 같았습니다. 그리고 그림자도 소년이 하는 대로 함께 깡충깡충 춤추기도 하고, 달리기도 하며 따라왔습니다. 소년은 그것이 말할 수 없이 재미있고 즐거웠습니다.

그러는 동안에 점점 배가 고파졌습니다. 소년은 길가의 울타리 앞을 흐르고 있는, 작은 냇가에 앉아 빵을 먹었습니다.

그리고, 투명하게 비치는 맑은 물을 떠 마셨습니다. 그러고 나서는, 먹다 남은 딱딱한 빵 껍질을 작게 부숴서 주변에 뿌려 두었습니다. 그렇게 해 두면, 작은 새가 와서 먹습니다. 이것은 어머니가 가르쳐 주신 것입니다.

소년은 다시 계속해서 걸었습니다. 그렇게 한참을 걷고 나서야 비로소 높고 새파란, 언제나 바라보던 언덕 아래에 다다르게 되었습니다. 소년이 그 언덕을 오르자, 바로 그 집이 있었습니다. 그러나 옆에 와서 보니, 그 집 창은 보통의 유리로 된 창으로, 금 따위는 어디에도 끼워져 있지 않았습니다. 소년은 완전히 기대가 사라져, 정말 울고 싶을 정도로 낙심하고 말았습니다.

그러자, 집 안에서 아주머니 한 분이 나오더니, 무슨 일이라도 있느냐며 따듯하게 말을 건네 주었습니다. 소년은

"나는, 우리 집 뒤에 있는 언덕 위에서 보이는 이 집의 금으로 된 창문을 보러 왔어요. 그런데 그런 창문은 없고, 단지 보통의 유리가 끼워져 있을 뿐이네요" 라고 말했습니다. 아주머니는 고개를 저으며,

"우리는 가난한 농부일 뿐이야. 금 같은 것이 창에 있을 리가 없어요. 금보다도 유리로 된 창문이 밝고 더 좋은 걸요."

이렇게 말하고는 웃으면서, 소년을 출입문의 돌계단에 앉

게 하고 나서는, 우유 한 잔과 빵 한 조각을 가져다 주었습니다. 아주머니는 그러고 나서, 소년과 마침 같은 나이 정도 되는 여자아이를 불러냈습니다. 그리고, 둘이서 놀라는 듯이, 고개를 끄덕여 보이고는, 다시 집으로 들어가 일을 시작했습니다.

그 작은 소녀도 자신과 마찬가지로 맨발이었고, 면으로 된 흑갈색 윗옷을 입고 있었습니다. 그러나 그 머리카락은 마침 소년이 언제나 보았던 빛나는 창처럼 아름다운 금빛을 띠고 있었습니다. 그리고 눈은, 한낮의 하늘처럼 아주 푸르게 빛나고 있었습니다.

소녀는 웃으면서 소년을 데리고 가서는 집에서 키우는 소를 보여 주었습니다. 그것은, 이마에 하얀 별이 있는 검은 송아지였습니다. 소년은 자기 집에 있는, 흰 다리가 네 개이며 껍질처럼 붉은 색을 띠고 있는 소에 관한 이야기를 했습니다. 소녀가 그 근처에 있는 사과를 하나 비틀어 따서는, 둘이서 먹었습니다. 두 사람은 아주 친해졌습니다.

소년은 금빛 창문에 관한 이야기를 소녀에게 말했습니다. 소녀는,

"네, 나도 매일 보고 있어요. 그것은 저쪽에 있어요. 당신은 반대편으로 온 거예요" 라고 말했습니다.

"이리 오세요. 이쪽으로 오면 잘 보여요." 하고 소녀는 집 옆의 조금 높은 곳으로 소년을 데리고 갔습니다. 그리고, 금빛 창은 보일 때가 정해져 있다고 말했습니다. 소년은 그래, 정해져 있어, 햇님이 들어갈 때 보이는 것이라고 대답했습니다.

두 사람은 약간 높은 곳으로 올라갔습니다. 소녀는
"어머나, 지금 마침 보이네요. 그렇지요? 보세요"라고 말하며 저쪽 언덕을 향해 손가락으로 가리켰습니다.

"아아, 저기에도 있네" 하며 소년은 놀라면서 바라보았습니다. 그러나 잘 보니, 그것은 자기 집이었습니다. 소년은 놀라서, 이제 집에 돌아가야겠다고 말했습니다. 그리고, 일년 동안 소중하게 주머니에 넣어 두었던 빨간 줄이 하나 들어간 예쁘고 작은 돌을 소녀에게 주었습니다. 융단처럼 윤이 나는 빨간 것, 점이 들어간 것, 우유 빛을 띤 것, 이렇게 칠엽수 열매 세 개도 주었습니다. 또 올게 하고 말하고는, 서둘러 집을 향해 뛰었습니다. 소녀는 소년이 황급히 뛰어가는 것을 놀란 눈으로 멍하니 바라보았습니다. 빛나는 저녁노을 속에서 언제까지나 서 있었습니다.

소년은 쉬지 않고 자꾸자꾸 달렸습니다. 그러나 길이 아주 멀어서 집에 도착했을 때는 이미 캄캄한 밤이었습니다.

창에서는 램프불과 화로불이 노랗고 빨갛게 새어 나오고

있었습니다. 바로 조금 전에 언덕 위에서 볼 때와 마찬가지로 아름답게 빛나고 있었습니다. 소년은 문을 열고 들어갔습니다. 어머니는 일어나 볼을 비비며 맞아 주었습니다. 어린 여동생도 뒤뚱거리며 뛰어나왔습니다. 아버지는 화로 옆에 앉은 채 웃고 있었습니다. 어머니는,

"어디 갔다 왔니? 재미있었어?" 하고 물었습니다.

"네, 참 즐거웠어요." 하고 소년은 기쁜 얼굴로 말했습니다.

"무언가 좋은 것 배워 왔니?" 하고 아버지가 물었습니다.

"나는 우리집에도 금빛 창이 달려 있다는 것을 배워 왔어요." 하고 소년은 대답했습니다.(1921년)

게으름뱅이

스즈키 미에키치(鈴木三重吉)

1

옛날 에도(江戶)에 게으름뱅이 아버지와 아들이 있었습니다. 어느 날 밤, 아버지가 이불을 뒤집어쓰고 담배를 피우다가 담배꽁초가 튀어 다다미가 그을리기 시작했습니다. 아들은 이쪽에 엎드려서 멍하니 그걸 보고 있었는데, 그러는 동안에 다다미는 검은 연기를 내며 타기 시작했습니다.

"어어, 아빠, 담배꽁초로 다다미가 타기 시작하는데 어떻게 하지? 일어나서 끌까?" 하고 물었습니다.

"괜찮아, 내버려둬." 하고 아버지는 선하품을 하면서 말했습니다. 그러자 이윽고 불은 미닫이문에 옮겨 붙어 활활 타들어 갔습니다.

"이거 안 되겠어. 아빠, 끄지 않으면 불이 날 것 같아."

"뭘, 괜찮아. 내버려둬, 귀찮아."

"앗, 벌써 천정에 옮겨 붙었어. 일어나자."

"괜찮아 괜찮아. 시끄럽구나."

"어라, 어라! 이불 끝에 불이 붙었어. 아빠, 일어나지 않으면 위험해."

"뭐야, 내버려둬. 아아 졸려."

이런 말을 하는 동안 드디어 두 사람 모두 타 죽어 버렸습니다. 옆집도 모두 탔습니다.

이런 두 사람이었으므로 죽어서 곧 지옥에 가서 염라대왕 앞으로 끌려갔습니다. 염라대왕은

"이놈들," 하고 두 사람을 노려보며,

"너희들은 말할 수 없이 큰 죄인이다. 두 사람 모두 이제 두 번 다시 인간으로 태어날 수는 없어. 다음 세상에는 소나 말로 태어나게 할 테니 그런 줄 알아라." 하고 말했습니다. 아버지는 쭈뼛쭈뼛 얼굴을 들고

"하오나 대왕님, 말이라고 하면, 무거운 짐을 지고 산이나 언덕을 올라가야 하며, 위험한 전쟁터를 달려야 할 텐데 큰

일입니다. 또 소로 말할 것 같으면, 역시 논밭을 갈거나 몇 십 관이나 되는 돌을 끌거나 하지 않으면 안 되지요. 우리 부자는 아시다시피 게으름뱅이니까, 그런 일은 도무지 감당할 수 없습니다. 될 수 있으면, 제발 고양이로 해 주실 수는 없을까요?" 하고 말하였습니다.

"흠, 고양이가 원이라면 고양이도 좋지."

"대단히 감사합니다. 그리고 정말 뻔뻔스런 부탁입니다만 고양이라고 해도 얼룩이나 흰 고양이는 말고, 새까만 검은 고양이로 부탁드립니다만."

"여러 가지로 분에 넘치는 소리를 하는 놈이군." 하고 염라대왕은 조금 화가 나는 것을 꾹 참고

"그러면 검은 고양이로 해 주지."

"고맙습니다. 거기에 덧붙여서, 한 가지 더 부탁이 있습니다만."

"휴우, 뻔뻔스런 놈이군. 한 가지 더라니 무엇이냐?"

"검은 고양이는 검은 고양이 입니다만, 제발 코끝은 조금만 희게 해 주십시오."

"이상한 얘기를 하는군. 그렇다면 하는 김에 그것도 들어주겠지만, 도대체 어째서 코끝만 하얗게 하라는 거지?"

"네, 거기에는 조금 뜻이 있습니다. 그렇게 해 주시면 쥐

들은 어두운 곳에서는 우리들을 고양이라고는 생각지 못할 것입니다. 코끝의 흰 것만 보고 밥 덩어리라고 생각해서 가까이 다가올 겁니다. 그러니까 우리들은 누워서 쥐를 잡아먹을 수 있는 거지요."

못마땅한 얼굴을 했던 염라대왕도 그 소리를 듣고는, 별안간 크게 입을 벌리고 하하 하고 웃었습니다.

2

역시 옛날. 이 부자에게 지지 않을 게으름뱅이가 있었습니다.

어느 날, 아내의 부탁으로, 아내의 병이 나은 것을 감사하는 참배를 하러 미노부(身延) 산에 가게 되었습니다.

게으름뱅이는 자신의 믿음으로 참배하는 것이 아니었으므로, 가는 것이 귀찮아서 견딜 수 없었습니다. 드디어 떠나는 아침에도 아내에게 끌려서 마지못해 문간까지 나갔습니다.

"그럼 다녀오세요. 자, 이건 도시락이에요."

"미안한데, 저 그것을 내 목에 걸어 줘. 손을 내미는 것이 귀찮아서."

"아이고, 어이가 없네요. 그래요, 지갑을 받아요. 떨어뜨리지 않게 조심해서 다녀오세요."

"아아, 알았어. 그것도 안주머니에 넣어줘. 그래, 고마워. 그리고 또 한 가지 하는 김에 등을 힘껏 떠밀어 줘."

"또 왜 그러는데요?"

"왜냐하면 떠밀어주지 않으면 걷는 것이 귀찮으니까."

아내는 하는 수 없이 등을 힘껏 떠밀었습니다. 그러자 게으름뱅이는 팔짱을 낀 채로 어슬렁어슬렁 맞은편 집에 들어갔습니다.

"애야, 누군가 지금 뒷문으로 들어오지 않았니?"

하고 건너집 주인이 말했습니다.

"네. 건너집 주인인데요. 뒷문으로 들어와 담을 등지고 서 계십니다."

"저기, 어떻게 된 일이지요?"

"저기, 미노부산(身延山)에 가려고 나왔습니다만, 저희 집 사람이 등을 잘못 떠밀어서 이곳으로 들어오게 되었습니다. 마침 뒷문이 닫혀 있어서 여기서 머물러 있는데, 이 문이 열려 있었으면 어디로 갔을지 모르겠네요. 정말로 죄송합니다만, 부디 미노부산으로 좀 힘껏 떠밀어주세요."

"아 참, 기가 막히네. 애야 너도 이리와. 어디…쿵." 하고 두 사람이 떠밀었습니다.

"고맙습니다. 실례했습니다."

게으름뱅이는 겨우 걷기 시작했습니다. 그리고 드디어 미노부산에 도착했습니다.

"저기, 여보세요," 하고 게으름뱅이는 떼지어 모여 있는 참배객 중에서 한 사람을 불렀습니다.

"정말로 죄송합니다만, 제 안주머니에 지갑이 들어 있는데요. 그 안에서 일전(一錢)을 꺼내서 새전함(신불에 참배하여 올리는 돈을 넣는 상자-역자주)에다 던져 주시지 않으시겠습니까?"

"아니 저런, 손이라도 다쳤어요? 네, 그러죠. 새전을 꺼냈습니다. 네, 냈습니다. 지갑끈도 그대로 이렇게 잘 묶어서 당신 가슴 안쪽에 넣어두겠습니다."

"이야, 고마워요. 이왕 수고하시는 김에 저 대신 기도해 주지 않으시겠습니까?"

"예? 그건 또 무슨 뜻이죠?"

"아니, 그냥 손을 내밀기가 귀찮아서요."

"거참, 별난 사람일세. 그럼 합장은 내가 해 줄 테니까. 절은 자기가 하세요."

게으름뱅이는 그걸로 어쨌든 참배를 마쳤기 때문에 겨우 안심하고 산을 내려왔습니다. 그러자 아래쪽에서 남루한 옷

차림을 한 남자가 입을 크게 벌린 채 휘청휘청 올라오고 있었습니다. 게으름뱅이는 그 남자를 보고,

"하하, 저 녀석 어지간히 배가 고파 보이는구나. 뭔가 먹고 싶어라는 듯이 입을 헤벌리고 있군. 좋아, 내 도시락을 먹게 해 줘야지. 난 먹기가 귀찮아서 집에서 싸온 도시락을 아직도 이렇게 목에 걸고 다니고 있잖아. 저 녀석이 먹어 주면 짐을 덜게 되니까 좋겠어. 이봐요, 잠깐만!"

"왜 그러세요?" 하고, 그 남자는 제대로 쳐다보지도 않은 채 무표정하게 대답했습니다.

"당신은 입을 크게 벌리고 오시던데, 꽤나 배가 고프신 거죠? 여기, 제 도시락을 잡수면 어때요?"

"아니오. 별로 배는 고프지 않아요"라고, 그 남자는 여전히 입을 크게 벌린 채 귀찮다는 듯이 말했습니다.

"그러면, 왜 그렇게 입을 크게 벌리고 있는 거죠?"

"갓끈이 풀려 느슨해져서 그래요. 묶기가 귀찮아서 이렇게 턱으로 받치고 있는 거예요."

"허허. 그것 참." 하면서, 게으름뱅이도 이 남자에게는 기가 질려 버렸다고 합니다. (1924년)

빨간 배

오가와 미메이(小川未明)

1

쓰유코(露子)는 가난한 집에서 태어났습니다.

마을 초등학교에 들어갔을 때, 오르간 소리를 듣고 세상에는, 이런 좋은 소리를 내는 물건이 다 있구나 하고 놀랐습니다. 그 이전에는 이런 좋은 소리를 들은 적이 없었던 것입니다.

쓰유코는 어려서부터 음악을 좋아했는지, 선생님이 치시는 오르간 소리를 들으면 몸이 떨리는 것을 느꼈습니다. 그리고, 이 좋은 소리를 내는 기계는 누가 발명하고, 어느 나라에서 처음 온 것일까 하고 생각했습니다.

어느 날, 쓰유코는 선생님께 오르간은 어느 나라에서 온 것일까요 하고 물어보았습니다.

그러자 선생님은 처음에는 외국에서 온 것이라고 말해 주었습니다. 외국이라면 어디일까 생각하면서 묻자, 저 넓고 넓은 태평양의 파도를 넘어, 그 저편에 있는 나라에서 온 것이라고 선생님은 대답했습니다.

그때 쓰유코는 이루 말할 수 없는 그리움을 아련히 느끼게 되었고, 이 좋은 소리를 내는 오르간은 배를 타고 왔을까 하고 생각했습니다. 그런 일이 있고 나서는, 어쩐지 오르간 소리를 들으면 넓고 넓은 바다 건너편 외국을 생각하게 되었습니다.

선생님께 물어보았더니, 그 나라는 대단한 문명국이어서, 그 밖에도 좋은 소리를 내는 악기가 많고, 또 악기를 잘 다루는 아름다운 사람이 있다는 것이었습니다. 그래서 쓰유코는 그런 나라에 가 보고 싶었습니다. 얼마나 발전했고 아름다운 나라일까? 얼마나 아름다운 사람이 있는 곳일까? 그리고 그 나라에 가면 어디를 가도 좋은 음악을 들을 수 있다고 생각했습니다. 그래서 쓰유코는 이 다음에 크면 외국에 가서 음악을 배우고 싶다고 생각했습니다. 될 수 있으면 말입니다.

집이 가난해서 쓰유코는 여러 가지 사정으로 열 한 살 때 마을을 떠나서 도쿄의 어떤 집으로 가게 되었습니다.

2

그 집은 아주 좋은 집이었고, 오르간뿐만 아니라 피아노, 축음기 같은 것이 있었습니다. 무엇을 봐도 쓰유코는 아직 이름조차 모르는 신기한 것들뿐이었습니다. 그리고 그 피아노 소리를 듣는다든지 축음기에 들어 있는 서양 노래의 멜로디를 들었을 때, 이것들도 바다를 건너서 멀고 먼 저쪽 나라에서 온 것이겠지 하고 생각했습니다. 옛날 고향 마을 초등학교 시절에 오르간을 보고 정겹게 생각했던 것처럼 역시 그립고, 아련하게 느꼈던 것이었습니다.

그 집에는 딱 쓰유코의 언니 정도 되는 분이 있었는데, 쓰유코를 참 측은히 여기고 귀여워했습니다. 그래서 쓰유코는 친언니라고 생각하고 언제나 언니 언니 하면서 따랐습니다.

쓰유코는 언니를 따라서 긴자(銀座)를 걷곤 하였습니다. 긴자의 예쁜 가게 앞에 서서 유리창 너머 진열되어 있는 오르간, 피아노, 만돌린 같은 악기를 보고는,

"언니, 이 악기는 모두 외국에서 온 것이예요?"라고 물었습니다.

언니는 "아니, 일본에서 만든 것도 있어"라고 대답해 주었습니다. 쓰유코의 눈에는 그 악기들이 말없이 진열돼 있지만 아름답고도 신기한 음색을 내면서 떨고 있는 것처럼 보였습니다. 그리고 저녁 무렵 석양에 물든 창문 아래서 언니가 피아노를 칠 때, 쓰유코는 말없이 그 옆을 서성거리면서 손의 움직임 하나하나, 햇빛이 피아노에 반사되는 것까지 그 모든 것을 하나도 놓치지 않으려고 했습니다. 그리고 또 노래를 부르는 언니 목소리나 가늘게 떨리는 음 하나하나까지 흘려보내는 일이 없었던 것입니다.

쓰유코의 귀에는 피아노의 소리가 드넓은 바다를 건너는 바람 소리로 들리기도 하고 바닷가에 부딪치는 파도 소리로 들리기도 했던 것입니다. 그리고 피아노를 치는 언니가 맑은 목소리로 외국 노래를 부르는 모습은, 그 어느 때보다도 더욱 숭고하게 보였습니다. 수정과 같은 눈은 별같이 빛나고 눈물을 머금고 있었습니다.

쓰유코는 엄마와 아빠를 생각하고 또 고향 마을의 초등학교 때를 생각하고는 어느샌가 뜨거운 눈물로 볼을 적셨습니다.

3

 쓰유코는 때때로 자신이 배를 타고 외국에 간 것 같은 꿈을 꾸었습니다. 외국에서 오르간을 배우거나 피아노 연주를 듣는 꿈입니다. 거기에서 쓰유코는 음악을 아주 잘하게 되어 사람들의 칭찬을 받고 턱없이 기뻐하다가, 꿈에서 깨어나 놀란 적도 있습니다.

 어느 초여름 날 일입니다. 쓰유코는 언니와 함께 해변에 놀러갔습니다. 그날은 바람도 없고 파도도 잔잔한 날이어서, 아득하게 먼 바다 저편은 희미하였고, 먼 지평선이 꿈처럼 어렴풋이 보였습니다. 흰 구름이 떠올라 섬 그림자처럼 보이기도 하고, 날아가는 새 그림자처럼 보이기도 했습니다.
 언니는 아름다운 목소리로 노래를 부르며 쓰유코의 손을 잡고 걸었고, 쓰유코는 고운 모래를 밟으며 물가를 걸었습니다. 파도는 귀여운 소리를 내며 웃었습니다. 이때, 아득히 먼 바다에 빨간 줄무늬가 들어간 한 척의 증기선이 파도를 가르며 지나가는 것이 보였습니다. 쓰유코는 문득 저 증기선은 아주 먼 곳에 가는 것이 아닐까라고 생각해 보았고, 언니도 눈을 떼지 않고 그 배를 바라보았습니다.

"언니, 이 바다는 뭐라고 불러요?"

쓰유코가 묻자, 언니는 바다의 이름이 태평양이라고 했습니다. 쓰유코는 이 바다를 끝까지 가면 외국에 다다를 수 있을까 생각했습니다.

"저 빨간 배는 외국에 가는 것일까요?"

쓰유코가 언니에게 물었습니다. 언제나 무엇인가를 가만히 바라볼 때 눈물이 고이는 언니는 눈에 눈물을 글썽이며 대답했습니다.

"그렇겠지."

언니는 잠시 고개를 갸웃거렸습니다.

"그래, 틀림없이 외국으로 가는 배일 거야."

언니는 부드럽게 말했습니다.

"며칠쯤 걸려야 외국에 갈 수 있나요?"

쓰유코는 물었습니다.

"몇 날 며칠씩 걸려야 외국에 갈 수 있어. 수천 킬로나 떨어져 있는 먼 곳에 가는 일인 걸."

언니는 그렇게 대답했습니다.

언니의 말을 듣고 생각하니, 어쩐지 저 빨간 배가 반갑게 느껴집니다. 저 빨간 배는 태평양을 건너 아름다운 나라에 가는 것일까 하고 생각해 보노라면, 저 빨간 배에는 어떤 사람이 타고 있고, 무엇을 하고 있는지 궁금했습니다. 그렇지만 멀리 떨어져 있어서, 그저 빨간 줄무늬와 펄럭펄럭 나부끼고 있는 깃발과 굵은 굴뚝과, 그 굴뚝이 내뿜는 검은 연기와, 높은 돛대가 세 개 보였을 뿐이었습니다. 그리고 배가 지나간 자리에는 흰 파도가 일고 있을 뿐이었습니다.

쓰유코는 도저히 그 빨간 배의 모습을 잊을 수가 없습니다. 나도 그 배를 타고 외국에 가 보고 싶다. 그리고 오르간이나 피아노나 좋은 음악을 듣기도 하고 배워 보고도 싶다고 생각했습니다. 그러는 사이에 빨간 배는 점점 멀어졌습니다. 해는 서서히 서편으로 기울어 파도 위는 황금색으로 빛나고, 저편 바위 그늘이 붉게 빛날 무렵에는 이미 그 배의 모습은 파도 속으로 숨어 버렸고 한 가닥 연기가 하늘에 남아 있을 뿐이었습니다.

그날은 언니와 함께 바닷가에서 마음껏 놀고, 피곤해진 다리를 끌고 집으로 돌아왔습니다.

4

다음날, 쓰유코는 창문에 기대어, 빨간 배는 지금 어디쯤

항해하고 있을까 하고 생각하고 있는데, 마침 그곳에 제비 한 마리가 어디에선가 날아 들어왔습니다.

쓰유코는 제비를 향해, "너는, 어디에서 왔니?"
하고 묻자, 제비는 귀여운 목을 갸웃하며 쓰유코를 물끄러미 바라보고 있더니,

"나는 남쪽바다를 건너 먼 거리를 날아왔어요."
하고 대답했습니다.

"그럼 태평양을 건너왔니?"

쓰유코의 얼굴에는 어느새 미소가 떠올랐습니다. 제비는
"며칠이나 걸려서 태평양의 파도 위를 날아왔어요."
하고 대답했습니다.

"그럼 너는 배를 못 보았니?…"
하고 쓰유코는 물었습니다.

그러자 제비는,
"그야 매일 매일 많은 배를 보았지요. 당신이 물으시는 배는 어떤 배인가요?"
하고 되물었습니다.

쓰유코는 제비에게, 그 배는 빨간 줄무늬가 들어간 배인데, 높은 돛대가 세 개나 있는 배라고 하면서 자기가 본 기억을 따라 하나하나 들려주었습니다.

"그 배라면 잘 알아요. 내가 긴 여행으로 지쳐서 저녁 무렵 날개를 쉬기 위해 바다 위에 머물러 있는 배 돛대를 찾고 있을 때, 마침 그 빨간 배가, 파도를 헤치고 태평양을 항해하고 있어서, 곧바로 그 배의 돛대에 앉았답니다. 정말로 아름다운 달밤이었고, 푸른 파도 위가 온통 빛나고, 하늘은 낮과 같이 환하고, 고요했지요. 그리고 그 배 갑판에서는 아름다운 음악 소리가 들리고 사람들이 모여서 즐거워하고 있는 것이 보였어요."
하고 들려 주고는, 제비는 또 다시 어디론가 날아가 버리고 말았습니다.

지금쯤 그 배는 어디를 항해하고 있을까 하고 생각하면서, 쓰유코는 잠시 제비가 사라진 쪽을 지켜보았습니다.(1910년)

들장미

오가와 미메이(小川未明)

큰 나라와 그보다는 조금 작은 나라가 이웃해 있었습니다. 얼마 동안 그 두 나라 사이에는 아무일도 없이 평화로웠습니다.

그곳은 도읍지에서 먼 국경입니다. 그곳에는 양쪽 나라에서 단 한 사람씩 병사가 파견되어 국경으로 정한 돌비석을 지키고 있었습니다. 큰 나라의 병사는 노인이었습니다. 그리고 작은 나라의 병사는 청년이었습니다.

두 사람은 돌비석이 세워진 오른쪽과 왼쪽에서 보초를 섰습니다. 더할 나위 없이 적막한 산속이었습니다. 근처를 여행하는 사람을 보기란 좀처럼 드문 일이었습니다.

처음 서로 얼굴을 모르는 동안 두 사람은 적이라는 생각으로 제대로 말도 하지 않았지만, 어느덧 두 사람은 좋은 사이가 되었습니다. 두 사람은 달리 얘기할 상대도 없이 지루했기 때문입니다. 그리고 봄볕은 길고 화창하게 머리 위에서 아름답게 빛나고 있었기 때문입니다.

마침 국경 근처에는 누가 심었는지 모를 들장미 한 그루가 무성하게 자라고 있었습니다. 그 꽃에는 아침 일찍부터 꿀벌들이 날아와 붕붕거렸습니다. 아직도 두 사람이 자고 있는 동안 흥겨운 날개 소리가 꿈결에 들려왔습니다.

"이제 그만 일어날까. 저렇게 꿀벌들이 붕붕거리는데."

하고 두 사람은 약속이나 한 것처럼 일어났습니다. 그리고 밖으로 나오니 과연 태양은 나뭇가지 끝에서 기운차게 빛나고 있었습니다.

두 사람은 바위틈에서 솟아 나온 맑은 물로 양치질하고 세수하러 왔다가 얼굴을 마주쳤습니다.

"아, 안녕하세요. 날씨가 좋군요."

"좋은 날씨로군요. 날씨가 좋으면 기분이 상쾌해지죠."

두 사람은 거기 서서 그런 얘기를 나누었습니다. 그리고 머리를 들어 주위의 경치를 바라보았습니다. 매일 보는 경치인데도 볼 때마다 새롭게 느껴집니다.

청년은 처음엔 장기 두는 법을 몰랐습니다. 그러나 노인에게서 배워, 요즘은 한가로운 한낮이면 두 사람은 매일 마주앉아 장기를 두었습니다.

처음엔 노인이 훨씬 잘 두어서 말을 떼고 두었지마는, 나중에는 똑같이 두어도 노인이 질 때도 있었습니다.

이 청년도 노인도 더할 나위 없이 좋은 사람들이었습니다. 두 사람 모두 정직하고 친절했습니다. 두 사람은 열심히 장기판 위에서 싸워도 마음으로는 허물이 없었습니다.

"야아, 이번엔 내가 지겠는걸. 이렇게 도망 다니다가는 당할 수가 없지. 정말로 전쟁이었다면 어찌 되었겠나." 하고 말하며 노인은 커다란 입을 벌리고 웃었습니다.

청년은 또 승산이 있으므로 즐거운 표정으로 열심히 눈빛을 반짝이며 상대방 왕을 쫓고 있었습니다.

작은 새는 나뭇가지 끝에서 즐거운 듯이 노래하고 있었습니다. 하얀 장미꽃은 좋은 향기를 뿜었습니다.

겨울은 역시 그 나라에도 찾아왔습니다. 추워지자 노인은 남쪽을 그리워했습니다. 그곳에는 아들과 손자가 살고 있었습니다.

"빨리 휴가를 얻어서 돌아가고 싶어." 하고 노인은 말했습니다.

"당신이 고향으로 돌아가신다면, 모르는 사람이 대신 오겠지요. 역시 친절하고 상냥한 사람이라면 좋겠지만, 적과 아군이라는 생각을 가진 사람이라면 난처해요. 제발 잠시 더 있어 주세요. 그러는 사이에 봄이 올 겁니다." 하고 청년은 말했습니다.

드디어 겨울이 가고 또 봄이 왔습니다. 바로 그 무렵 이 두 나라는 무언가 이해관계로 전쟁을 시작하게 되었습니다. 그러자 지금까지 매일 의좋게 지내던 두 사람은 적군이 되었습니다. 그것은 정말로 이상한 일이라고 생각되었습니다.

"자아, 자네와 나는 오늘부터 적이 된 거야. 나는 이렇게 늙긴 했어도 소령이니까 내 목을 가져가면 자네는 출세할 수 있을 거야. 그러니까 나를 죽이게" 라고 노인은 말했습니다.

이 말을 듣자 청년은 어이없다는 얼굴로,

"무슨 말씀을 하십니까. 어째서 나와 당신이 적입니까. 내 적은 다른 데 있습니다. 전쟁은 훨씬 북쪽에서 벌어지고 있으니까 나는 그곳에 가서 싸우겠습니다" 라는 말을 남기고 가 버리고 말았습니다.

국경에는 단 한 사람 노인만이 남게 되었습니다. 청년이 가 버리자, 노인은 허전한 나날을 보냈습니다. 들장미가 피고, 꿀벌은 해가 떠올라서 질 때까지 무리지어 다녔습니다.

이제 전쟁은 훨씬 멀리서 벌어지고 있었기 때문에, 설사 귀를 기울여도, 하늘을 쳐다봐도 총소리는 들리지 않았고, 검은 연기 그림자조차 볼 수 없었습니다. 노인은 그날부터 청년의 신변을 걱정했습니다. 날은 이렇게 흘러갔습니다.

어느 날 여행객이 그곳을 지나가게 되었습니다. 노인은 전쟁이 어떻게 되었는지 물었습니다. 그러자 여행객은 작은 나라가 패해 그 나라의 병사는 전멸했고, 전쟁은 끝났다고 말했습니다.

그렇다면 청년도 죽은 것이 아닐까 하고 노인은 생각했습니다. 그런 염려를 하면서 돌비석 주춧돌에 걸터앉아 고개를 숙이고 있다가, 어느새 꾸벅꾸벅 졸았습니다. 저편에서 많은 사람들이 오는 기척이 있었습니다. 보니까 한 무리의 군대였습니다. 그리고 말을 타고 군대를 지휘하는 것은 그 청년이었습니다. 그 군대는 극히 정숙해서 소리 하나 내지 않았습니다. 드디어 노인 앞을 지날 때 청년은 목례를 하고, 장미꽃 향기를 맡는 것이었습니다.

노인은 무언가 말하려다가 눈을 뜨게 되었습니다. 그것은 모두 꿈이었던 것입니다. 그러고 나서 한 달쯤 되자 들장미가 시들어 버렸습니다. 그 해 가을 노인은 휴가를 얻어 남쪽으로 돌아갔습니다.(1920년)

임금님의 그릇

오가와 미메이(小川未明)

옛날 어느 나라에 유명한 도공이 있었습니다. 대대로 도자기를 구워 그 집 물건이라면 먼 나라에까지 이름을 떨치고 있었습니다. 주인은 대대로 산에서 나는 흙을 잘 골랐습니다. 그리고 훌륭한 화가를 고용했습니다. 또 많은 기술자를 고용했습니다.

꽃병이며, 그릇이며, 접시며, 여러 가지를 만들었습니다. 그 나라에 오는 여행자라면 누구나 이 도자기 가게를 찾을 정도였습니다. 그리고 지체없이 그 가게에 들렀습니다.

"아아, 얼마나 훌륭한 접시인가. 그리고 그릇인가…" 하고 말하며 그것을 보고 감탄하였습니다.

"이걸 선물로 사 가지고 가야지." 하고 여행자는 누구나 꽃병이나, 접시나, 그릇을 사 가지고 가는 것이었습니다. 그리고 이 가게의 도자기는 배에 실려 다른 나라에도 갔습니다.

어느 날 일이었습니다. 신분이 높은 나으리가 가게에 모습을 나타냈습니다. 나으리는 주인을 불러내서 도자기를 자세히 보더니,

"정말, 잘 구웠군. 어느것을 봐도 가볍고 솜씨좋고 얇군. 이 정도라면 이곳에 명령을 내려도 지장이 없을거야. 실은 임금님이 사용하실 그릇을 정성을 기울여서 만들어 줬으면 하네. 그것 때문에 이곳에 오게 되었어." 하고 나으리는 말하였습니다.

도자기점 주인은 정직한 남자여서, 그 말에 황송해 했습니다.

"모든 심혈을 기울여서 만들겠습니다. 정말로 이보다 더한 명예는 없습니다." 하고 공손히 말했습니다.

나으리는 돌아갔습니다. 그 후에 주인은 가게에 있는 도공들을 전부 모아놓고 경위를 말하고

"임금님의 그릇을 만들어 달라고 명령을 받다니, 이렇게 명예로운 일은 없어. 자네들도 심혈을 기울여서 이제까지 볼 수 없던 훌륭한 것을 만들어 주게. 가볍고, 얇은 것이 좋다고

나으리도 말씀하셨지만, 그것이야말로 도자기의 생명이지." 하고 주인은 여러 가지 주의를 했습니다.

그로부터 며칠이 지나서 임금님의 그릇이 완성되었습니다. 또 그때 그 나으리가 가게 문에 들어섰습니다.

"임금님의 그릇은 아직 안 되었는가?" 하고 나으리는 말했습니다.

"오늘이라도 진상하러 가려고 생각하고 있었습니다." 하고 주인은 말했습니다.

"틀림없이, 가볍고, 얇게 만들었겠지?" 하고 관리는 말했습니다.

"이것입니다." 하고 주인은 나으리에게 보여 드렸습니다.

그것은 가볍고도 얇은 최상의 그릇이었습니다. 그릇의 바탕은 새하얀색으로 안까지 들여다보일 것 같았습니다. 그리고 거기에 임금님의 문장이 새겨져 있었습니다.

"과연, 이것은 최상의 작품이다. 아주 좋은 소리가 나는 걸." 하고 말하고, 관리는 그릇을 손바닥 위에 올려놓고 손톱으로 튀겨 보았습니다.

"이제 이것보다 가볍고 얇게는 만들 수가 없습니다." 하고 주인은 공손히 머리를 숙이고 나으리에게 말했습니다.

나으리는 끄덕이면서 서둘러 그 그릇을 성으로 가져오라

고 말하고는 돌아갔습니다.

주인은 하오리와 하카마(가문이 새겨져 있는 겉옷과 바지로 일본 남성의 전통적인 복장. 정장-역자주)를 입고 훌륭한 상자 안에 그릇을 넣고 안고 갔습니다.

장안에는 이 마을의 유명한 도자기 가게가 이번에 심혈을 기울여서 임금님의 그릇을 만들었다는 평판이 자자하게 됐습니다.

나으리는 임금님 앞에 그릇을 바치러 갔습니다.

"이것은 이 나라에서 유명한 도자기 장인이 정성을 다해 만든 그릇입니다. 가장 가볍고 얇게 만들었습니다. 마음에 드시는지요." 하고 말했습니다.

임금님이 그릇을 받아들고 보시니, 과연 가볍고 얇은 그릇이었습니다. 마치 들고 있는지 아닌지 알 수 없을 정도였습니다.

"그릇이 좋고 나쁘고는 어떻게 알 수 있느냐?" 하고 임금님은 말씀하셨습니다.

"모든 도자기는 가볍고 얇은 것을 귀히 여깁니다. 그릇이 무겁고 두꺼운 것은 품위가 없는 것입니다." 하고 그 신하는 대답했습니다.

임금님은 말없이 고개를 끄덕였습니다. 그리고 그날부터

임금님의 식탁에는 그 그릇을 올려놓게 되었습니다.

임금님은 인내심이 강한 분이었으므로 괴로운 일도 결코 입밖에 내지 않았습니다. 한 나라를 다스리고 계시는 분이었으므로 조그만 일에는 놀라지 않으셨습니다.

이번에 새로 얇은 그릇이 올라오게 되고 나서부터, 임금님은 세 번의 식사를 하시며, 손을 델 것같이 뜨거운 것을 얼굴에도 내비치지 않고 참으셨습니다.

"좋은 그릇은 이렇게 괴로움을 참지 않고서는 누릴 수 없는 것인가?" 하고 임금님은 의아하게 생각했던 적도 있었습니다. 또 어떤 때는,

"아니 그렇지 않아. 신하들이 매일 나에게 고통을 잊어서는 안 된다는 것을 알게 하려는 충성심에서, 뜨거움을 참게 하는 것일 거야" 라고 생각하신 적이 있었습니다.

"아니 그렇지 않아. 모두 내가 강하다고 믿고 있기 때문에 이런 일은 문제삼지도 않는 걸거야." 하고 생각하신 적도 있었습니다.

그러나 임금님은 매일 식사 때마다 그릇을 보시면, 왠지 얼굴색이 흐려지는 것이었습니다.

어느 날 임금님은 산촌으로 여행을 하셨습니다. 그 지방에는 임금님이 머무실 만한 숙소가 없었으므로 농가에 머물게

되었습니다.

 농부는 아첨 같은 것은 하지 않았고 대신에 참으로 친절했습니다. 임금님은 얼마나 그것을 마음속으로 기뻐하셨는지 모릅니다.

 뭔가 올리고 싶은 마음은 있어도 산속은 불편한 곳이라 임금님께 드릴 것이 없었지만 임금님은 농부의 진심을 기쁘게 생각하시고, 농부들이 먹는 음식을 즐겁게 드셨습니다.

 계절은 벌써 늦은 가을이라 날씨가 추웠기 때문에 뜨거운 국이 몸을 따뜻하게 해 주었고 대단히 맛이 좋았습니다. 그릇도 두꺼워서 결코 손을 데는 일이 없었습니다.

 임금님은 이때 자신의 생활이 무척 거추장스러운 것이라고 생각하셨습니다. 아무리 가볍고 또 얇더라도 그릇 자체에 어떤 차이가 있을 리는 없는데, 가볍고 얇은 것이 좋은 물건이라 해서 그것을 사용하지 않으면 안 된다니 얼마나 번잡스럽고 부질없는 일인가 하고 생각하셨습니다.

 임금님은 농부의 밥상에 놓인 그릇을 들고 꼼꼼이 보셨습니다.

 "이 그릇은 어떤 사람이 만들었는가?" 라고 말씀하셨습니다.

 농부는 정말로 황송하게 생각했습니다. 실로 보잘것없는

그릇이기 때문에 임금님께 무례를 범했다고 머리를 숙여 사죄를 드렸습니다.

"정말로 보잘것없는 그릇을 올려 황송합니다. 언제인가 시내에 나갔을 때 사온 싸구려입니다. 이번에 뜻하지 않게 임금님께서 오시게 되어 더없는 영광으로 생각합니다만 시내까지 나가서 그릇을 구해 올 틈이 없었습니다"라고 솔직한 농부는 말했습니다.

"무슨 말을 하는가. 나는 너희들이 친절히 대해 주는 것을 그지없이 기쁘게 생각하고 있다. 일찍이 이렇게 알맞는 그릇을 써 본 적이 없어. 그래서 누가 이 그릇을 만들었는지 네가 알고 있다면 듣고 싶다고 생각한 것이다." 하고 임금님은 말씀하셨습니다.

"누가 만들었는지 모릅니다. 그런 물건은 이름도 없는 도공이 구운 것입니다. 물론 임금님 같은 분이 자기가 구운 그릇을 사용하시리라는 것은 꿈에도 생각하지 못했을 것입니다." 하고 농부는 공손하게 말씀드렸습니다.

"그건 그렇겠지만 매우 기특한 사람이다. 적당하게 그릇을 만들었구나. 그릇에는 뜨거운 차와 국물을 담는다는 것을 그 자는 잘 알고 있다. 그래서 사용하는 사람이 이렇게 뜨거운 차와 국물을 안심하고 먹을 수가 있어. 아무리 세상에 이름이 알려진 도공이라도 이런 친절한 마음씨가 없다면 아무 소용이 없느니라." 하고 임금님은 말씀하셨습니다.

임금님은 여행을 마치고 다시 성으로 돌아갔습니다. 신하들은 공손하게 맞이하였습니다. 임금님은 농부의 생활이 얼마나 소박하고 여유가 있는지, 아첨 따위는 하지 않고 친절했던 것이 얼마나 감동적이었는지 잊으시는 일이 없었습니다.

식사시간이 되었습니다. 식탁 위에는 바로 그 가볍고 얇은 그릇이 놓여 있었습니다. 그것을 보자 임금님 안색이 흐려졌습니다. 오늘부터 또 뜨거운 그릇을 만져야 하나 하고 걱정이 되었던 것입니다.

어느 날, 임금님은 유명한 도공을 성으로 부르셨습니다. 도자기 가게 주인은 언젠가 그릇을 만들어서 바친 적이 있었기 때문에, 칭찬해 주시는 것이 아닌가 하고 내심 기뻐하면서 성으로 들어갔습니다. 임금님은 조용한 어조로,

"너는 도자기를 굽는 명인이지만, 아무리 잘 구워도 친절한 마음이 없으면 아무 소용이 없어. 나는 네가 만든 그릇으로 매일 괴로움을 당하고 있어." 하고 깨우쳐 주셨습니다.

도공은 죄송한 마음으로 성을 나왔습니다. 그 후 그 유명한 도공은 두툼한 그릇을 만드는 평범한 장인이 되었다고 합니다.(1921년)

선생님과 아이의 어느 날

오가와 미메이(小川未明)

그날은 추웠습니다. 손가락 끝과 코끝이 빨개지는 추운 날이었습니다. 요시오(吉雄)는 여느 때처럼 아침 일찍이 일어났습니다.

"엄마. 추운 날인데." 하고 인사를 하고는 몸을 떨고 있었습니다.

"화로에 불을 넣었으니 쬐려무나." 하고 엄마는 벌써 아침 식사를 준비하면서 말했습니다.

요시오는 화로 앞으로 가서 주저앉아 손을 따스하게 쬐었습니다. 집 밖에서는 바람이 불고 있었습니다. 그리고 눈 내린 땅은 얼어붙어 있었습니다.

"이제 따뜻한 국물에 밥을 먹으면 몸이 훈훈해질 거야" 하고 엄마는 말했습니다.

잠시 후 식사준비가 다 되고, 요시오는 식탁에 마주앉아 따뜻한 밥과 국으로 아침 식사를 했습니다.

"차가 맛있게 끓었으니까 뜨거운 차를 마시고 가거라. 몸이 좀 녹을 테니까." 하고 어머니는 요시오가 식사가 끝날 무렵 말씀하셨습니다.

요시오는 어머니 말씀대로 차를 마셨습니다. 그러자 마치 기차의 기관실에 석탄을 넣은 것마냥 온몸이 따뜻해지고 갑자기 힘이 솟는 것이었습니다.

요시오는 학교에 가기 전에 반드시 애지중지 기르는 산새에게 모이를 주고 물을 주는 것을 게을리 하지 않았습니다.

밤에는 춥기 때문에 매일 새장에는 보자기를 씌워 주었습니다. 그리고 학교에 갈 때는 그 보자기를 벗겨 주곤 했습니다.

그날도 요시오는 여느 때처럼 보자기를 벗기고 새장을 내놓았습니다. 그리고 모이를 주고 물을 갈아 주고는 새장을 문설주에 걸어두었습니다.

태양이 제일 먼저 그곳에 걸어둔 새장을 비추기 때문입니다. 너무 추워서 새는 몸을 잔뜩 웅크리고 있었습니다. 태양이 새장 위를 비출 때면 힘이 나서 이리저리로 날아가 앉기도 하고 공중제비를 하기도 하면서 잘도 지저귀지만, 지금은 그런 모습을 볼 수가 없습니다.

새가 그렇게 할 때쯤이면 요시오는 학교에 가 교실에서 선생님께 도덕이랑 산수를 배우고 있을 것입니다.

어디선가 먼 곳에서 연이 웅웅거리는 소리가 들리고 있었습니다. 그리고 바람이 세차게 삼나무 꼭대기에서 불고 있었습니다. 그 바람은 새장 속 산새 머리에 난 가늘고 짧은 털도 흔들리게 만들었습니다. 그러자 산새는 더욱더 몸을 공처럼 잔뜩 웅크렸습니다.

그러다가 요시오는 모이통 물이 얼어 버린 것을 보았습니다. 그는 다시 새 물로 갈아 주었습니다. 얼어 버리면 산새가 물을 마시기가 어려울 거라고 생각했기 때문입니다.

이때 문득 요시오는 아까 어머니가 말씀하신 것이 생각나서,

"산새에게도 따뜻한 물을 주면 몸이 녹아서 힘이 날거야"라고 생각했습니다. 그래서 이번에는 모이통 속에 더운 물을 넣어주었습니다.

"자, 따뜻한 물을 마시면 몸이 녹을 거야." 하고 산새에게 말했습니다.

산새는 고개를 갸우뚱하고 이상하다는 듯이 모이통에서 김이 오르는 것을 바라보고 있었습니다. 그리고 요시오가 거기서 지켜보는 동안에는 물을 마시지 않았습니다.

요시오는 학교에 늦으면 안 된다고 생각하고 곧 가방을 어깨에 메고 도시락을 들고 나섰습니다.

요시오는 학교에 가서 친구들과 이런저런 얘기를 하다가 그가 오늘 산새에게 더운 물을 주고 왔다는 것을 얘기했습니다.

그러자 친구들은 어이없다는 얼굴로

"너, 산새는 더운 물 같은 거 먹이면 죽는다." 하고 말했습니다.

"에이, 추울 때 더운 물을 마시면 몸이 따뜻해져서 좋잖아." 하고 요시오가 말했습니다.

"더운 물을 주면 죽어 버려. 너, 금붕어도 더운 물 속에 넣으면 죽잖아?" 하고 한 친구는 말했습니다.

요시오는 그렇구나 하고 생각했습니다. 아무리 추워도 금붕어를 더운 물 속에 넣을 수는 없어. 그리고 금붕어는 물이 얼어도 살고 있다는 것을 생각했습니다.

요시오는 큰일 날 일을 했다고 생각했습니다. 귀여워하던 곤줄박이가 자기 잘못으로 죽어 버린다면 돌이킬 수 없는 일이라고 생각했습니다. 그렇지만 곤줄박이에게 더운 물을 준 것이 정말로 잘못한 일이라고는 아무래도 생각할 수 없었습니다. 어쩐지 금붕어의 경우와는 다른 것 같은 기분도 들고 의심스러워서 선생님께 물어보기로 하였습니다.

요시오는 1학년이고 머지않아 2학년이 됩니다. 그는 선생님이 계신 곳으로 갔습니다.

"선생님, 산새에게 더운 물을 주면 죽나요?" 하고 요시오는 선생님께 물었습니다.

"새에게 더운 물을 주는 사람은 없어." 하고 담임 선생님은 말씀하셨습니다.

그런데 이때 담임 선생님 옆에 다정해 보이는 남자 선생님이 걸터앉아 있었습니다.

요시오는 그 선생님의 이름을 몰랐습니다.

다정해 보이는 선생님은 요시오의 얼굴을 보고 웃고 계셨습니다. 그리고,

"산새에게 더운 물을 주었니? 왜 더운 물을 주었지?" 하고 물으셨습니다.

"너무 추우니까 더운 물을 마시면, 몸이 녹잖아요? 그래서 주었는데요." 하고 요시오는 어색한 얼굴로 대답했습니다.

"재밌네." 하고 말하고는 다정하게 생긴 선생님은 담임선

생님과 얼굴을 마주보고 웃으셨습니다. 요시오는 무엇이 재미있는 것인지, 그 의미를 알 수 없었습니다.

"작은 새는 사람과 달라서 더운 물을 마신다고 해서 몸이 녹는 것이 아니야." 하고 담임선생님은 말씀하셨습니다.

왜 사람과 새는 그렇게 다른 걸까, 요시오는 역시 그 의미를 몰랐습니다.

그때 다정한 선생님은 요시오를 보고,

"새는 산속이라든가 계곡이라든가 숲 사이에 살지. 그리고 아무리 추운 때라도 밖에서 잔단다. 태어날 때부터 뜨거운 물을 마시지 않아. 그래서 추운 것도 물을 마시는 것도 아무렇지 않아. 추운 나라에서 태어난 새는 아주 어릴 적부터 추위에 길들여져 있는 거야. 네가 걱정하는 것처럼 추위에 놀라지 않아." 하고 말씀하셨습니다.

요시오는 그렇구나 하는 마음에, 고개를 끄덕였습니다.

그리고 선생님은,

"새나 짐승은 불에다 구워 먹는다든지 물을 끓여 먹는다든지 하는 것은 몰라. 불에다 삶는다거나 물을 끓여 먹는 것은 사람만이 하는 거야." 하고 말씀하셨습니다.

요시오는 모든 것을 잘 알 것 같았습니다. 그리고 교무실에서 나왔습니다. 하지만 아직도 머리속에 걱정거리가 있었습니다.

"산새가 지금 더운 물을 마시고 혀를 덴 것은 아닐까?" 하고 그는 생각했습니다.

만약 혀를 데었다면, 분명히 지금쯤은 괴로워하다가 죽어 버렸을지도 몰라. 이렇게 생각하자, 그는 제정신이 아니었습니다.

요시오는 불안해 하면서 도덕시간을 한 시간 보냈습니다. 그리고 쉬는 시간이 되자, 언제나 묻는 것에는 확실하게 대답하는 오다(小田)에게 가서,

"나, 산새에게 더운 물을 줬어." 하고 요시오는 말했습니다.

"더운 물을 줬어?" 하고 오다는 눈이 휘둥그레지며 물었습니다.

"산새가 더운 물을 마시면 혀를 데겠지?" 하고 요시오는 오다에게 되물었습니다.

"더운 물을 마시면 혀를 데지."

"죽을까?"

"아아, 죽을지도 모르지."

요시오는 더 이상 가만히 있을 수 없었습니다. 얼른 교실에 들어가 가방을 챙겨 집으로 돌아갈 준비를 했습니다.

"너, 집에 돌아가려고?" 하고 오다가 다가와서 물었습니다.

"응, 나 집에 가서 산새한테 줬던 더운 물을 찬 물로 바꿔 줄 거야. 하지만 벌써 마셔 버렸으면 큰일인데." 하고 요시오는 대답했습니다.

그러자 오다는 똘망똘망한 눈으로 요시오를 위로하듯 말했습니다.

"벌써 마셔 버렸으면 하는 수 없잖아. 그리고 지금 시간 정도면, 이렇게 추운데 더운 물도 벌써 식어서 찬 물이 되었을 거야. 돌아가도 별 수 없어."

요시오는 과연 그렇다고 생각하고, 집에 돌아가려던 것을 그만두었습니다.

누군가가 이 이야기를 담임선생님께 말씀드렸습니다. 그러자 선생님은 모두들 앞에서 말씀하셨습니다.

"오다가 하는 말은 잘 알겠어. 머리가 좋으니까. 더운 물이 언제까지나 뜨거울 거라고 생각하거나, 산새에게 더운 물을 준다든지 하는 녀석은 머리가 나쁜 거야."

이때, 요시오는 얼굴이 새빨개져 무척 부끄럽게 생각하지 않을 수 없었습니다.

그러나, 담임선생님의 말씀이 꼭 옳은 것은 아니었습니다. 요시오는 나중에 어른이 되어서, 아주 유명하고 훌륭한 학자가 되었으니까 말입니다. (1924년)

착한 할아버지 이야기

오가와 미메이(小川未明)

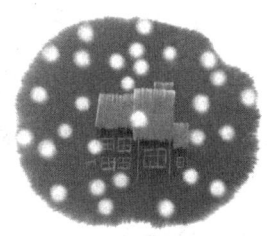

아름다운 날개의 한 천사가 가난한 집 앞에 서서 걱정스러운 얼굴로 계속 집안의 동정을 살피고 있었습니다.

밖은 차가운 바람이 불고 있습니다. 별은 말라붙은 나무들 꼭대기에서 반짝이고, 주위에는 온통 새하얗게 서리가 내려 있습니다. 천사는 보기에도 측은하게, 맨발로 서릿발을 밟고 서 있었습니다. 천사는 오로지 이 가난한 집의 모습이 어떤지 알고 싶어서 추위도 잊은 듯했습니다. 집 안에는 등잔불만 희미하게 타고 있을 뿐 아주 조용했습니다. 아직 잠잘 시간도 아닌데 이야기 소리도 웃음 소리도 들리지 않았습니다.

이때 마침, 같은 마을에 살고 있는 마음씨 좋은 할아버지가 산속 오두막에서 늦게까지 일하다가 그곳을 지나가게 되었습니다. 그리고 할아버지는 천사를 보자 곁으로 다가가서 무슨 일이냐고 물었습니다.

천사는 할아버지를 쳐다보고,

"가까운 시일 내에 이 집에 하늘에서 아이를 하나 내려보내려고 하는데, 꽤 걱정이 됩니다. 이렇게 추운데 아기가 어려움을 당할지 모른다고 생각하니 어쩐지 염려가 되어서 이 집 상황을 보러 찾아온 것입니다. 그런데 이 집은 쥐죽은 듯 고요하고 웃는 소리 하나 들리지 않아서 어떻게 된 일이지 하고 생각하고 있었지요" 라고 했습니다.

할아버지는 천사가 말하는 것을 듣고 정말 그렇다고 말하는 듯이 고개를 끄덕였습니다.

"정말 그렇군요. 제가 이 집주인의 마음을 알아보겠습니다" 라고 할아버지는 말했습니다.

천사는 찬바람이 부는데 정처없이 가 버렸습니다. 천사가 떠나가는 뒷모습을 바라보면서 할아버지는 이때 신의 마음을 잘 알았습니다.

"정말 이 집주인도 한심한 작자야. 마누라가 곧 해산을 한다는데, 일한 돈은 모두 술을 마셔 버리니… 무슨 꼴인가. 오늘밤도 저 술집에서 곤드레만드레 하고 있을 테지" 라고 하면서 할아버지는 마을 어귀 술집을 향해서 피곤한 다리를 옮겼습니다. 가 보니 과연 집주인은 그곳에서 취해 있는 것이었습니다. 할아버지는 타이르려고 생각했으나 이 상태에서 무슨 말을 해도 지금 이 남자 귀에 들어가지 않을 것이라 생각이 들자 내일 술이 깨어 있을 때 말할 작정으로 집으로 돌아왔습니다.

그 집주인은 목수였습니다. 다음날 작업장에서 그는 쉬는 시간에 불을 피워놓고 쬐고 있었습니다.

좋은 날씨였습니다. 겨울이지만 햇빛이 따뜻하게 비치면 새들은 마른 나뭇가지에 앉아 지저귀고 있습니다. 푸른 연기는 쓸쓸해진 밭 위를 기어가듯이 숲속으로 사라져 갔습니다. 그는 멍하니 뭔가 머리속으로 생각하는 것처럼 보였습니다.

"안녕하신가"라고 말하고 할아버지는 젊은이의 옆으로 다가갔습니다.

젊은이가 보니 마음씨 좋아 보이는 할아버지였으므로 "안녕하세요. 좋은 날씨네요. 바람이 차니까 불 쬐세요"라고 말했습니다.

그리고 두 사람은 여러 가지 이야기를 하였습니다. 그러던 중 할아버지는,

"자네에게도 이제 곧 아기가 태어나는 모양인데, 만약 애

가 필요하지 않다면 원하는 사람이 있으니 줄 마음은 없는가?" 하고 말했습니다.

이 말을 듣자 젊은이는 갑자기 화를 냈습니다.

"소중한 아기를 왜 남에게 줘요? 할아버지, 아무리 사람이 좋아도, 또 부탁을 받았다고 해서 그런 바보 같은 말을 하는 법이 아니지요." 하고 말했습니다.

할아버지는 벙긋벙긋 웃으며

"그것 참 내가 잘못했어. 자네는 술만 마시고 아내 몸을 생각해 주기는커녕, 아기를 맞이할 준비도 안하고 있는 것 같아서, 자네는 아기를 귀여워하지 않나 보다 생각을 하였다네. 아기가 이 추울 때 태어나니, 그것을 생각한다면 따뜻하게 준비해 두지 않으면 안 되지… 그렇지 않은가?" 하고 할아버지는 말했습니다.

젊은이는 술에 취해 있지 않았기 때문에 할아버지의 말씀을 잘 알아들었습니다. 자기가 잘못했다고 생각했습니다. 젊은이는 머리를 긁적이며,

"내가 잘못했어요. 정말로 지금까지 아기 일을 생각하지 않았어요. 아내가 고집이 세서 조금이라도 마음에 들지 않는 일이 있으면 시끄럽게 바가지를 긁어대니, 하는 수 없이 밖에 나가 술을 마시곤 했는데, 생각해 보면 아기를 위해서 참

았어야 했어요…" 하고 젊은이는 마음속 깊이 뉘우치고 있었습니다.

할아버지는 매우 기뻤습니다. 그 후 밤에 이 목수 집 앞을 지나가자니 목수는 집에 있었고, 아내의 목소리도 들리고 왠지 화기애애한 분위기였습니다.

'이 정도면 이제 안심이야' 하고 할아버지는 생각했습니다.

어느 날 밤, 별 빛은 얼어붙은 듯 하얗게 보이고 있었지만, 벌써 봄이 가까워지고 있는 것이 느껴졌습니다. 할아버지는 산에서 일을 하고 느즈막하게 집에 돌아오자니 지난번 천사가 목수네 집 창 아래에 쓸쓸하게 서 있었습니다. 저번처럼 맨발이었고 등에 하얀 날개가 있었습니다.

할아버지는 신이라는 분은 아기 하나를 이 세상에 보내기 위해 이렇게 마음을 쓰시는 분인가 하고 처음으로 깨달았습니다.

"이 집 주인은 그때부터 술을 끊고 아기를 맞이할 준비를 하고 있습니다. 저렇게 두 사람이 즐겁게 이야기하는 소리가 들려 오잖아요. 이제 걱정하실 것 없습니다." 하고 할아버지는 말했습니다.

마음씨 착하고 아름다운 천사는, 그래도 아직 왠지 마음이 놓이지 않아서 눈물로 반짝이는 눈을 애처로운 자기의 발끝에 떨어뜨리고 있었습니다.

"난 처음 당신의 모습을 보았습니다만, 누구든지 이 세상에 태어날 때에는 이렇게 신께서 염려를 해 주시는 것입니까?" 하고 할아버지는 천사에게 물었습니다.

천사는, 오랜 세월을 생활과 싸워 이제는 몹시 지친 듯이 보이는 할아버지에게 맑은 눈빛을 던지면서,

"누구든 태어날 때는 건강하고 평화롭게 자랐으면 하고 무척 걱정할지 모릅니다. 그리고 부모는 아이를 모두 소중하게 다루지 않으면 안 된다고 생각하는데, 어느새 자기들 일에 마음을 빼앗겨 잊어버리고 맙니다. 태어나기 전까지는 신의 힘으로 어떻게든 할 수 있겠지만 일단 이 세상 사람이 되어 버리면 신의 힘이 미칠 수가 없습니다. 인간에게 모든 것을 깨달을 수 있는 힘을 신께서는 분명히 주셨지만 그것을 잊어버리면 또다시 어쩔 수 없게 됩니다." 하고 천사는 대답했습니다.

할아버지는 천사의 이야기를 듣고 있는 동안에 먼 옛날 젊은 날로 자신의 혼이 돌아간 것처럼 느꼈습니다. 그 시절부터 자신은 바르게 살려고 마음을 먹어 왔지만 되돌아보면 얼마나 후회되는 일이 많았는지 모릅니다. 젊은 사람들은 지금부터 일생을 아깝게 생각하며 정말 유익하고 바르게 보내

지 않으면 안 되겠지…하고 생각했습니다.

"당신이 말하는 걸 잘 알았습니다. 이 집 부인도 아이를 너무 꾸짖지 않도록 잘 주의시키고 모두가 선한 생활을 할 수 있도록 내 힘으로 할 수 있는 한 당부해 두겠습니다." 하고 할아버지는 맹세했습니다.

어느새 하얀 천사의 모습은 어디론가 사라져 버렸습니다.

곧 이 집에 아기가 태어났습니다. 그 후로 부인은 정말 마음씨 좋은 엄마가 되었고 남편은 열심히 일하는 목수가 되었습니다. 그리고 두 사람에게는 아기의 얼굴을 보는 것이 무엇보다도 즐거운 위안이 되었습니다.

할아버지에게는 일이 끝나고 돌아가는 길에 이 집에 들러 평화스러운 모습을 보는 것이 무엇보다도 큰 기쁨이 되었습니다.

그리고 누구든 지나치게 아이를 꾸짖는 것을 보면 할아버지는,

"자네가 낳았다고 해서 자기 아이라고만 생각해서는 안 돼. 신이야말로 진정한 이 아이의 어머니이기 때문에 자기 기분에 따라서 아이를 키우면 안 돼." 하고 말했습니다.

마을 사람들은 요즘 세상에 신에 대한 얘기를 하는 할아버지를 바보처럼 여기고 웃고 있었습니다.

"할아버지, 인간이 신의 아이라면 신이 아니면 안 되잖아요. 그런데도 좋은 사람도 있고 나쁜 사람도 있어요. 그건 왜 그래요?" 하고 물었습니다.

그때 할아버지는 언젠가 천사가,

"인간은 태어날 때 모든 것을 깨닫는 힘을 가지고 왔지만 언젠가 잊어버리고 올바른 생활을 할 수 없게 된 거지…" 하고 말한 것을 생각했습니다.

할아버지는 그런 말을 이 사람들에게 해 주어도 믿지 않을 것이라고 생각했습니다. 더구나 자신이 날개가 있는 천사를 보았다고 말해도 목수 부부조차도 그것을 사실로 믿어 주지는 않을 것이라고 생각했습니다.

그렇게 생각하자 할아버지는 정말로 슬펐습니다.

할아버지는 어떻게든 한 번 더 천사를 보고 싶다고 생각했습니다. 그러면 이번에야말로 잘 봐두자… 그리고 다른 사람에게도 살짝 가르쳐 주려고 생각했습니다. 그렇지만 두 번 다시 천사를 볼 수는 없었습니다.

그러는 동안에 봄이 되었습니다. 긴 겨울 동안 꼼짝 않고 있던 초목이 소생하고, 하늘은 푸르렀고, 따뜻한 바람이 불었습니다. 할아버지는 하늘을 향하여 조용히 감사하였습니다.(1925년)

내 동생 하루

다케히사 유메지(竹久夢二)

내 동생 하루(春)는, 올 해 네 살입니다. 여러분, 하루라 하면 늘 웃기만 할 것 같은 이름이지요? 그런데, 천만에 말씀, 늘 울기만 한답니다.

아침에 눈을 뜨자마자 자기 옆에 엄마가 계시지 않으면 울기 시작하는 거예요. 엄마가 침상에서 안아 올리면, 따스한 잠자리를 뒤돌아보며, 그야말로 아쉽다는 듯이 웁니다. 그리고 얼굴을 푸푸 하면서 안을 때도 울고, 잠옷을 바꿔 입을 때도 울곤 합니다. 그리고 식탁 옆에 앉았을 때 연꽃 그림이 그려져 있는 하루의 그릇이 놓여 있지 않다면서 웁니다. 국이 뜨겁다고 울고, 차다고 울고, 그야말로 밥을 담은 것이

조금 많아도 우니 어찌할 도리가 없는 거예요.

그러다가는 아빠 서재에 가서 석고상이나, 서적에다가 낙서를 하겠다며 우는가 하면, 이번에는 장난감 상자를 꺼내라며 웁니다. 장난감을 꺼내면 처음에는 인형에 뺨을 비비거나, 개의 머리를 쓰다듬거나 합니다만, 그도 잠깐, 금방 던지기 시작합니다. 무거운 북 같은 것을 마음대로 던지지 못하면 또 웁니다.

그러면 이번에는 엄마 방에 가고 싶다며 웁니다. 젖을 다 먹으면 밖에 나가자고 울고, 비가 오건 눈이 오건 통하지 않습니다. 어쩔 수 없이 나갈 수가 없으면, 집 안에서 우산을 쓰고 여기저기 뛰어다니자고 하면서 웁니다.

정말로 난처하기 짝이 없답니다. 이것이 하루가 매일 하는 일인 걸요. 여러분도 이런 애를 귀엽다고는 생각지 않으시겠지요. 하루가 잠들지 않을 때에는 늘 그런 걸요. 아니, 잠들었을 때에도 꿈을 꾸며 울기도 해요.

그렇지만 말이죠, 그것이 별로 이유가 있어서 우는 게 아니예요. 그럼 이유가 있을 땐 얼마나 우는지 아세요? 뭐, 문지방에 걸려 넘어지거나, 잘못해서 자기 머리라도 부딪히면, 이웃집에서 어머 어떻게 된 거예요 하며 달려올 정도로 큰 소리로 운답니다. 그렇지만 또 하루가 넘어진 것을 알면, 누구나 "또 하루로구나" 라고 말할 뿐 돌봐주는 사람은 없습니다.

어느 날. 뜰에서 놀고 있던 하루는 무슨 생각을 했는지, 급히 응접실 쪽으로 종종걸음으로 달려갑니다. 진흙투성이 발로 툇마루로 올라가, 기특하게도 제 힘으로 미닫이문을 열고는, 왠일일까요. 굵은 눈물을 뚝뚝 흘리더니 이번에도 와 하고 울음을 터뜨렸습니다.

깜짝 놀라서 엄마는 바느질하던 옷을 옆에 놓으시며

"어머, 왜 너는 그렇게 우는 거니?"

하고 물으시자,

"어… 어… 엄마아… 내… 내 손가락 아파 아파했어" 라고 말하는 것이었습니다. 그러나 울면서 하는 말이라, 이 정도의 말인데도 좀처럼 금방은 하지 못했습니다.

"어디 보자. 어떤 손가락?"

엄마가 물으시니 우선 울음을 그치고 살펴보기 시작했어요. 물론 상처가 난 것이 아니라서 저도 확실히 어떤 손가락이었는지 모르는 모양이었어요. 양손의 손가락을 하나 하나 살펴보고는 가장 그럴듯한 손가락을 내밀며 또 그 전처럼 울기 시작했어요. 엄마는,

"아이구, 얼마나 아팠겠니?"

하시며 엉뚱한 손가락을 묶어주셨지만 하루는 우는 데 바빠

서 그런 것은 알지도 못했어요. 너무나 우스워서 "호호, 너 정말 울보로구나. 이까짓 일로." 하고 내가 말했다고 해서 또다시 눈물을 흘리는 것이었어요.

또 어느 날. 우에노(上野) 동물원에 갔을 때 일이었어요.

돼지가 꿀꿀거린다고 울고, 흰곰이 물을 끼얹었다고 칭얼 거리고, 원숭이를 집에 데려간다고 어찌나 우는지, 이래 가 지고도 크면 착한 아이가 될까 하고 엄마가 걱정을 하셨지요.

그 해 여름 어느 날. 교토(京都)의 작은엄마가 오셨는데, 작은엄마는 겉보기에는 무섭고 만만치 않아 보이지만 사실은 아주 상냥하고 좋은 분이시죠. 어머나, "언제나 선물을 주시니까 좋은 분이라는 거지." 하고 말씀하시다니 싫어요. 선물 때문만은 아니거든요. 그런 놀림을 받으면 나도 하루처럼 울겠어요, 오호호호.

그건 그렇고 사실은 오늘도 잔뜩 선물을 가지고 오신 모양이에요.

"쓰유야(내 이름), 내 보따리를 이리 가져오너라."

선물이 들어 있는 보따리 말이지요.

그러자 하루가 또 울기 시작했어요. 작은엄마가 자기에게 시키지 않았다고 해서요. 나는 교토 인형과 장미 비녀를, 하루는 유리로 만든 주발을 선물로 받았어요.

"작은엄마 그게 뭐예요?"

작은엄마는 싱글싱글 웃으면서 하루 앞에 사발을 놓고,

"자, 이건 하루, 너 열심히 울어. 그리고 이 속에 눈물을 가득 모아 줘 응. 그러면 금붕어를 속에 넣어 줄 테니까."

하고 말씀하셔서 엄마와 나도 크게 웃었어요. 그렇지만 하루는 역시 큰 소리로 울었지요.

"어서 울어 울어, 네가 열심히 울지 않으면 금붕어가 모두 죽어 버릴 테니까."

엄마가 이렇게 말하자, 무슨 생각을 했을까, 하루가 킥킥 웃기 시작하는 것 아니겠어요.

그 뒤로는, 하루가 울듯이 입가를 실룩거릴 때면 언제나 그 사발을 하루 앞에 놓고,

"어서 울어"라고 했어요. 그러면 하루의 실룩거림은 보조개로 변해서 곧 웃음을 터뜨리지 않을 수 없게 되었어요. 그런 일이 있고 나서, 하루는 딴사람처럼 착한 아이가 되었답니다. 웃고 있을 때는 정말로 귀여워서, 여러분께 보여 드리고 싶을 정도랍니다.

삼형제

기쿠치 간(菊池 寬)

1. 세 갈래 갈림길

아직 임금의 도읍지가 교토(京都)에 있었을 무렵, 지금부터 천년도 전 옛날 이야기입니다.

도읍지에서 이백 리 정도 북쪽으로 떨어진 단바(丹波) 지방의 어느 마을에 삼형제가 살고 있었습니다. 맏형은 이치로지(一郎次)라고 불렀습니다. 둘째 형은 지로지(二郎次), 막내는 사부로지(三郎次)라고 했습니다. 형제라고는 하나 열 여덟, 열 일곱, 열 여섯 살의 한 살 터울로 키도 비슷하고, 얼굴 모습이나 말투까지 누가 이치로지이고 누가 지로지인지 다른 사람은 구별이 안 될 정도로 닮았습니다.

불행히도 이들 형제는 어렸을 때 부모를 여의고, 그나마 조금 있던 논밭도 어느새 다른 사람에게 넘어가 버려, 지금은 아무도 돌봐줄 사람도 없이 남의 일을 거들어 주며 겨우 그날 그날을 지내고 있었습니다. 가난하기는 하였지만 세 형제는 아주 우애가 좋았습니다.

어느 날 밤 일이었습니다. 이치로지는 뭔가 골똘히 생각에 잠겨 있더니 문득 얼굴을 들고

"이렇게 매일 장래 희망도 없이 빈둥빈둥 지내느니 차라리 임금님 계신 곳에 한 번 가볼까. 도읍지에는 재미있는 일이나 신나는 일이 많다고 하던데" 하고 말했습니다. 그 말을 듣고 지로지도 사부로지도 입을 모아

"그게 좋겠다, 그게 좋겠어. 도읍지에 가면 꼭 좋은 일이 있을 거야. 틀림없어." 하고 말했습니다. 이치로지는

"그렇다면 좋은 일일수록 서두르라고 했으니 내일이라도 떠나자." 하고 말했습니다. 그리고 그날 밤은 모두 이것저것 길 떠날 준비를 하였습니다.

이튿날은 가을 하늘이 기분 좋게 활짝 개었고, 태양까지도 세 사람이 떠나는 길을 축복하고 있는 듯했습니다. 세 사람은 힘차게 마을을 떠나 남으로 남으로 도읍지를 향해 서둘

러 갔습니다.

도중에서 하룻밤을 묵었습니다. 마을을 떠나 이틀째 되던 날 아침 큰 고개에 다다랐습니다. 그 고개 마루에서는 아득한 저편 아침 안개 속에, 셀 수 없이 많은 집들이 땅 위에 가득히 늘어서 있는 것이 희미하게 보였습니다.

"아아, 도읍지다." 하고 사부로지가 탄성을 질렀습니다. 그리고 나서 삼형제는 전보다도 한층 발걸음을 재촉하여 고개를 내려갔습니다. 그러나 고개를 내려가서도 도읍지까지는 꽤 먼 거리였습니다. 걸어도 걸어도 누렇게 벼가 익은 논이 길 양쪽으로 어디까지나 계속되었습니다.

큰 은행나무가 길가에 한 그루 서 있었습니다. 그런데 지금까지는 외길이었던 길이 그 은행나무가 서 있는 곳에서부터 세 갈래로 갈라져 있었습니다. 형제는 좀 난처했습니다.

"어느 길이 제일 가까운 길일까." 하고 이치로지가 말했습니다.

"가운데 길이 제일 가까울 것 같아." 하고 지로지가 말했습니다.

"아니야, 왼쪽 길이 제일 가까울 것 같아." 하고 막내 동생이 말했습니다.

그러자, 이치로지는 무언가 생각한 뒤에

"나는 오른쪽 길이 제일 가까운 것 같다. 그렇지만 어느 길로 가더라도 도읍지에 도착하는 것은 분명해. 형제가 함께 모여 있으면, 일자리를 찾기도 힘들겠지. 그러니까 제각기 흩어져 자신이 가깝다고 생각한 길로 가서, 각자의 운을 시험해 보면 어떨까?" 하고 말하였습니다.

"그것 참 좋은 생각인데" 라고 지로지는 곧 찬성하였습니다. 사부로지는 형들과 헤어지는 것은 조금 슬펐지만, 천성이 활달한 젊은이인지라

"그렇다면 그렇게 해요" 라고 말하였습니다.

그래서 이치로지는 오른쪽 길을, 지로지는 가운데 길을, 사부로지는 왼쪽 길로 가게 되었습니다. 헤어질 때 지로지는 형과 동생을 돌아보면서,

"비록 여기서 헤어지지만, 각자 도읍지에서 출세하게 되면, 반드시 어딘가에서 만날 수 있을 거야." 하고 씩씩하게 말했습니다.

2. 오른쪽 길

우선 먼저 오른쪽 길을 간 이치로지의 이야기를 할까요?

이치로지는 두 동생과 헤어져 걸음을 재촉했는데, 그 길은 매우 경치가 좋아서 양쪽에는 아름다운 가을꽃이 흐드러지게 피어 있었습니다. 20리쯤 걸었을 때, 벼가 무르익은 논 저편에, 푸른 하늘에 우뚝 솟아 있는 오층탑이 보였습니다.

"아아, 이제 곧 도읍지로구나." 이치로지는 뛸 듯이 기뻐하였습니다.

그런데, 바로 그때였습니다. 길 앞쪽에 흙먼지가 일어났다 싶더니, 그 속에서 한 마리 흰 황소가 무쇠 같은 뿔을 좌우로 휘두르면서 나는 듯이 달려왔습니다.

이 소는 꼭 무언가에 놀라서 미친 것처럼 보였지요. 두 눈은 불꽃같이 빨갛고, 눈앞에 있는 것은 뭐라도 그 뿔로 들이받으려는 듯한 기세였습니다.

이치로지는 그 무서운 기세를 보고, 길 옆으로 피하려고 했지만, 황소는 오히려 이치로지 쪽으로 곧바로 돌진해 와서, 순식간에 이치로지를 두 뿔로 들이받아 내동댕이친 채, 다시 흙먼지를 일으키며 달려갔습니다.

나동그라진 이치로지는 오른쪽 옆구리에 칼로 도려내는 듯한 아픔을 느꼈습니다.

그는 이제 죽는구나 하는 생각이 들었습니다.

'아아, 내가 제일 손해나는 길로 왔구나. 오른쪽 길로 왔기 때문에, 도읍지에 들어가 보지도 못하고 죽는가 보다.' 하고 마음속으로 생각하였습니다. 그렇지만, 그러는 중에 상처로 인한 통증이 심해져서, 어느샌가 정신을 잃고 말았습니다.

얼마나 시간이 흘렀는지, 며칠이 지났는지, 이치로지는 알 수 없었습니다. 문득 눈을 뜨고 보니, 그는 훌륭한 전각 가운데 누워 있었습니다. 그는 태어나서 한 번도 본 적이 없을 정도로 아름다운 비단 이불을 덮고 있었습니다. 베갯머리에는 은잔에 약이 들어 있었습니다. 게다가 문득 정신을 차리고 보니 아름다운 여인이 혼자 앉아 있었습니다. 너무나 상황이 달라져 이치로지는 놀라 몸을 일으키려고 하였지만, 오른쪽 겨드랑이 밑이 갑자기 아팠습니다. 이치로지가 눈을 뜬 것을 보고 그 여인은

"이제 겨우 정신이 드셨습니까? 별로 걱정하시지 않아도 좋습니다. 여기는 좌대신 후지와라 미치요(藤原道世) 님의 저택입니다. 실은 어제 미치요 님이 구라마(鞍馬)에 있는 사찰에 참배하러 가는 도중 마차를 끄는 소가 난폭해져서 난동을 부려 당신에게 그런 큰 상처를 입혔던 것입니다.

미치요 님은 그것을 대단히 불쌍하다 생각하시고, 절에 가는 도중에 사람을 죽여서는 부처님께 죄송하다고 하시며,

할 수 있는 한 극진한 간호를 해서 저 젊은이를 낫게 해 주라고 분부하셨기 때문에 당신을 저택으로 데려와서, 이 도읍지에서 제일가는 의사를 불러 치료하고 있습니다" 라고 말했습니다.

이치로지는 꿈이 아닐까 하고 놀랐습니다.

좌대신 후지와라 미치요라고 하면 임금의 제일가는 가신으로 단바(丹波)지방의 시골에서도 알려져 있는 이름높은 분이었습니다.

그 여인은 한참 지나자 이렇게 말했습니다.

"미치요 님은 이렇게 말씀하셨습니다. 이 젊은이는 먼 시골에서 도읍지로 와서 친척 하나 없는 사람임에 틀림이 없어. 상처가 나으면 부하로 쓰겠다고 말씀하셨습니다."

이 말을 듣자 이치로지는 상처의 아픔도 잊을 만큼 기뻤습니다. 좌대신 미치요 님의 부하가 된다는 것은 시골 농부의 아들인 이치로지로서는 더할 나위 없는 출세였습니다.

이치로지의 상처는 머지않아 나았습니다. 그리고 약속대로 좌대신의 부하가 되었습니다.

정직하고 영리한 이치로지였기 때문에 점점 출세해서 십년 정도 지났을까 그 동안에 게비이시(檢非違使: 지금의 경찰서장과 재판소장을 겸임한 관리-역자주)라는 자리에 오르게 되었습니다. 그리고 그 이름도 사에몬노조 기요쓰네(左衛門尉 淸經)로 바꿨습니다.

게비이시는 바로 경찰서장과 재판장을 겸한 아주 세력있는 훌륭한 벼슬이었고, 도적이나 나쁜 사람을 잡아서 재판하는 것이 그의 일이었습니다.

이치로지는 이렇게 출세했지만 중간 길을 택한 지로지와 왼쪽 길을 택한 사부로지는 어떻게 되었을까요?

3. 중간 길

중간 길을 택한 지로지는 형과 아우와 헤어지고 나서는 앞으로 나아간다는 생각으로 걸음을 재촉했습니다. 하지만 중간 길이 가장 빠르다고 생각한 것은 엄청난 착각으로 보였습니다. 20리를 걷고 30리를 걸어도 길 양쪽에는 대나무 숲만 이어졌고 쓸쓸한 시골길이 어디까지 가도 끝나지 않았습니다. 그 동안에 쉬 저무는 가을해가 어느샌가 완전히 저물어서 인기척이 없는 길은 더욱 쓸쓸했습니다.

삼형제 중에서도 가장 기가 센 지로지였지만 역시 당황하지 않을 수 없었습니다.

"이 상태로는 오늘 저녁 안에 도저히 도읍지에 도착할 수 없을 것 같아. 어딘가에서 하룻밤 자도록 하자"라고 마음먹었습니다. 그때 길가에 지장보살님을 모신 사당이 있는 것을 보고 그 툇마루에 올라가 거기서 밤을 지내기로 했습니다. 그런데, 한밤중이었습니다. 잠든 지로지의 어깨를 흔들며,

"이보게, 이보게." 하며 깨우는 사람이 있었습니다.

지로지가 정신을 차리고 일어나 보니, 처음 보는 사람이 자기 어깨에 손을 얹어놓고 있었습니다. 때마침 하늘 높이 솟아오른 달빛 속에서 바라본 그 사람의 모습은 무사와 같은 남자였습니다. 그 남자는 지로지가 눈을 뜬 것을 보자,

"이봐, 너는 도대체 어디서 온 자인가? 왜 이런 곳에서 자고 있는가?"라고 물었습니다. 지로지는 머뭇거리면서 단바 지방에서 도읍지로 가는 사연을 이야기했습니다. 그러자, 그 무사는 친절해 보이는 웃는 얼굴로,

"그거 참 잘 되었군. 내가 섬기고 있는 나으리께서는 너 같은 젊은이라면 몇 명이라도 불러들여 부하로 삼으신다. 너도 우리 나으리를 따를 생각은 없는가?"라고 물었습니다. 그걸 들은 지로지는 무척 기뻐하면서, 곧 나으리의 부하가 되고 싶다고 말씀드렸습니다.

이윽고 지로지는 무사에게 이끌려 그 나으리 댁으로 향하

게 되었습니다. 그런데, 무사는 이상하게도 도읍지 쪽으로 가지 않고, 길 왼쪽으로 들어가 작은 시냇가를 따라 좁은 길을 계속 걸어가는 것이었습니다. 지로지는 뭔가 이상하다는 생각이 들어

"그 나으리라는 분은 도읍에 사시는 것이 아닙니까?" 라고 물었습니다. 그러자 무사는 태연한 얼굴로

"도읍에도 댁이 있으시지만, 지금은 미조로가(みぞろが) 연못 근처에 살고 계신다. 네가 도읍지 구경을 가고 싶다면 내일이라도 데리고 가주마" 라고 했습니다.

그러는 동안에 길 저편에는 달빛에 비추어 거울처럼 빛나는 커다란 연못이 보였습니다. 연못가에는 갈대와 억새가 무성했고, 그 주위에는 큰 나무들이 빽빽이 들어서 있어서, 큰 뱀이라도 나올 것같은, 커다랗고 어쩐지 으시시한 연못이었습니다.

지로지가 이런 삭막한 곳에 정말 나으리댁이 있을까 미심쩍게 생각하고 있노라니까, 무사는

"나한테서 떨어지지 않도록 조심해" 하고 말하면서, 큰 나무 숲 가운데로 가늘게 나 있는 길을 걸어가는 것이었습니다. 그리고 이삼백 미터는 걸어갔을까, 갑자기 지금까지의 숲이 사라지는가 했더니, 연못을 따라 넓은 평지가 펼쳐지

고, 그 평지 한 가운데에는 그야말로 대궐같이 웅장한 저택이 우뚝 서 있었습니다. 지로지로서는 태어나 처음 보는 아름답고도 거대한 저택이었습니다. 앞장서 가던 무사는,

"자, 너도 사양 말고 들어가기로 하자"라고 하면서, 그 저택 안으로 성큼성큼 걸어 들어갔습니다. 현관에 들어가 여러 방을 거쳐 큰 객실에 이르렀습니다. 그 커다란 객실은, 은접시에 불이 수 십 개나 켜져 있어서 낮처럼 환했습니다.

둘러보니 그 객실 안에서는 모두 건장하게 보이는 남자 삼십 명 정도가 술자리를 함께하고 있었습니다. 그리고 가장 높은 곳에 키가 육 척쯤 되는 큰 남자가 책상다리를 하고 앉아 있었습니다. 그야말로 힘이 장사라서 사자나 호랑이라도 간단히 해치울 수 있을 것 같은 남자였습니다.

지로지를 데리고 온 무사는 그 남자 앞에 지로지를 데리고 가서

"이 젊은이가 모시고 싶다고 해서 데리고 왔습니다." 하고 말하자 그 남자는

"잘했어 잘했어." 하고 깨진 종소리 같은 목소리로 머리를 끄덕이며 말했습니다. 그리고 지로지도 모두와 함께 술을 마시기도 하고, 음식을 먹기도 했습니다. 태어나서 처음 먹어 보는 진수성찬을 마음껏 먹었습니다. 지로지는 마음속으로

'하루 사이에 일자리가 생기고, 게다가 이런 진수성찬을 먹게 되다니 이런 행운이 어디 있어. 내가 걸어온 가운데 길이 제일 행복한 길이었구나.' 하고 생각했습니다.

 그 다음날 밤이었습니다. 어제 지로지를 안내해 준 무사가 와서

 "오늘밤은 나으리가 도읍지로 가신다네. 너도 같이 가게 해 주지." 하고 말했습니다.

 잠시 후 마침내 출발하게 되었습니다. 나으리라는 육 척에 가까운 남자는 훌륭한 백마에 훌쩍 올라탔습니다. 그 뒤로 지위가 높은 부하 예닐곱 명이 말을 타고 따라갔습니다. 나머지 사람은 제각기 나으리 말을 둘러싸고 행렬을 지어 걸었습니다. 이상하게도 이 사람 저 사람 모두가 활이나 긴 칼을 가지고 있었습니다. 지로지에게도, "너에게는 이것을 빌려 주지." 하고 칼 한 자루를 빌려 주었습니다.

 지로지는 이렇게 밤늦게 나으리는 어디로 가시는 걸까 하고 의아해 하면서 말없이 쫓아갔습니다. 드디어 큰 강에 놓인 다리를 건너자, 그곳은 벌써 도읍지인 듯 훌륭한 집이 많이 줄지어 있었습니다. 그러는 사이에 모두는 그중 가장 훌륭한 집 앞에 멈춰 섰습니다. 그리고 무엇인가 의논을 하기 시작했습니다.

지로지는 도읍지에 있는 나으리 집이 바로 이 집인가 하고 생각하고 있는데, 대열에서 대여섯 명이 뿔뿔이 흩어지더니, 이 훌륭한 집 담을 스르르 올라갔습니다. 어, 어, 하고 놀라고 있는데, 담을 타고 넘어간 사내가 안에서 문을 끼익 하고 열었고, 그들은 모두 긴 칼과 작은 칼을 빼들고 우르르 문 안으로 쳐들어갔습니다.

지로지는 너무나 무서워서 덜덜 떨고 있었더니, 어제 지로지를 안내해 준 무사가 옆으로 다가왔습니다.

"놀랬지? 내가 나으리라고 한 분은 요즈음 도읍에서도 유명한 기도마루(鬼童丸)라는 대도적이다. 너도 일단 모신다고 했으니 도망칠 수는 없지. 자, 나와 함께 여기서 망을 보는 거야." 하고 말했습니다.

지로지는 이 말을 듣고 깜짝 놀라 그 자리에 주저앉았습니다. 기도마루란 그 당시 일본에서 누구나 모르는 사람이 없는 큰 도둑이었습니다. 지로지는 자신도 모르는 사이 도둑의 부하가 된 것을 마음속으로부터 슬퍼하였습니다. 곧 도망치려고 생각했으나 안내를 한 남자는 손에 활을 가지고 있어 지로지가 도망치면 활로 쏘아 죽일 것같이 보였습니다.

그러는 사이에 집안에서는 울부짖는 소리, 칼부림하는 소리가 나는가 했더니 도둑들은 제각기 금과 은이 들어 있는 자루를 무겁게 짊어지고 나왔습니다.

모두가 그 집 앞에 모여서 다시 왔던 길로 되돌아갔습니다. 지로지도 도망치려고 하면 금방이라도 죽일 것만 같아서 벌벌 떨면서 뒤따라갔습니다.

이윽고 미조로가 연못의 저택으로 돌아오자 기도마루는 부하들을 넓은 방에 모아놓고, 훔쳐온 금과 은을 산더미처럼 쌓아놓고 그것을 한 움큼씩 부하들에게 나눠주었습니다. 지로지가 구석에서 부들부들 떨고 있자 기도마루는 깨진 종과 같은 목소리로

"어이, 꼬마야, 사양하지 말고 받아라. 너도 한줌 주마."
하고 말했습니다. 받지 않으면 얻어맞아 죽을 것 같아서 지로지는 덜덜 떨면서 받았습니다.

받고 보니 그것은 금화와 은화로 지로지 따위는 꿈에도 본적이 없는 큰 돈이었습니다. 천성이 삼형제 중에서는 가장 욕심이 많은 지로지였으므로 그런 큰 돈을 보니 슬슬 나쁜 마음이 생겼습니다. 이렇게 돈벌이가 된다면 도둑의 무리에 끼어도 괜찮다는 생각이 들었습니다. 그리고 마침내 마음으로부터 기도마루의 부하가 되었습니다. 지로지는 본래 영리하고 용기 있는 사나이였으므로 도둑의 무리 중에서 점점 출세하여, 기도마루가 미나모토노 라이코(源賴光)의 손에 죽

은 후에는 그 자신이 무리의 대장이 되었고, 이름을 고쳐 미조로가 연못의 다노마루(多能丸)라 하고, 도읍지 가까이의 집들을 휩쓸고 있었습니다.

오른쪽 길을 간 이치로지와 가운데 길을 간 지로지의 이야기는 이제 알았는데, 자, 왼쪽 길을 간 사부로지는 어떻게 되었을까요?

4. 왼쪽 길

왼쪽 길을 간 사부로지는 형제 중에서는 가장 나이도 어리고 마음씨도 온순했으므로 두 형과 헤어지고 나서 너무 외로워 눈물이 나올 뻔하였습니다. 그러나 그러면 안 된다고 마음을 고쳐먹고 기운을 내서 갔습니다. 이 길은 넓은 강을 따라 나 있었습니다. 그러나 도읍지까지는 꽤 멀어 보였고 해가 저물 무렵에야 겨우 도읍지 시내 변두리에 도착하였습니다. 다리가 아파서 한 발짝도 걸을 수 없을 정도로 지쳐 있었습니다. 어디 여관이 없을까 하고 두리번거리면서 오는데

"여보세요." 하고 사부로지를 불러 세우는 여인이 있었습니다.

"예 예, 저를 부르셨습니까?" 하고 멈춰서자, 여인은 사부로지의 얼굴을 바라보면서,

"당신은 나그네이십니까?" 하고 물었습니다.

"예, 저는 단바 지방에서 도읍지로 가는 사람입니다" 하고 말했습니다. 그러자 여인은 기뻐하면서

"그러면, 죄송하지만, 제 주인의 집으로 좀 가 주세요. 결코 나쁜 일은 아니니까요" 라고 말했습니다.

사부로지는 기뻐서, 누구 하나 아는 사람 없는 도읍지 안에서, 이렇게 친절한 사람을 만난 것은 지옥에서 부처님을 만난 것과 같다고 생각했습니다.

여인은 사부로지를 데리고 한 50미터쯤 걸었을까 싶었을 때, 으리으리한 집으로 들어갔습니다. 사부로지도 뒤를 따라 들어갔습니다. 그 집은 주위가 이백 평이 넘는 큰 저택으로, 그 안에는 큰 창고가 열 대여섯 채나 쭉 줄지어 서 있었습니다.

여인은 사부로지를 데리고 긴 복도를 지나자, 안쪽에 있는 한 방으로 안내했습니다. 둘러보니까, 그 방은 눈이 부실 정도로 아름다웠고, 상석에는 금이나 은으로 된 장식품이 많이 놓여 있었습니다. 사부로지가 너무나 황홀해서 멍하니 서 있자, 여인은

"저쪽에 누워 계신 분이 주인 어른이십니다" 라고 말했습니다.

과연 그 아름다운 방 한가운데, 늙은 환자 한 사람이, 가쁜 숨을 쉬면서, 침상 위에 누워 있었습니다. 사부로지는 주저하며 거기에 앉았습니다. 그러자 노인은 여인에게

"그럼 딸을 불러 오너라." 하고 말했습니다.

여인은 "예." 하고 대답하고 조용히 일어나 나갔습니다.

사부로지가 어색해 하며 노인 옆에 앉아 기다리고 있으려니까, 열대 여섯 살쯤 돼 보이는 예쁜 소녀가 들어왔습니다. 노인은 사부로지에게,

"자네는 나그네인가?" 하고 괴로운 듯이 물었습니다.

"예, 그렇습니다." 하고 사부로지는 상냥하게 대답했습니다. 그러자 노인은 침상 위에서 반쯤 몸을 일으키면서,

"자네에게 청이 있네. 좀 들어줄 수 없는가. 금방이라도 죽을 것 같은 이 병자의 일생의 소원을 제발 들어줄 수 없겠나?" 하고 애원하듯이 말했습니다.

사부로지는 괴로운 듯한 환자의 모습을 보고는, 불쌍한 생각이 들어서,

"제가 할 수 있는 일이라면, 무엇이든지 들어드리겠습니

다" 라고 말했습니다. 그러자 노인은 적이 안심한 듯이

"청이란 다른 것이 아니네. 이 딸을 자네의 아내로 삼아서, 이 집을 계승해 주지 않겠나?" 하고 말했습니다.

그 말을 듣는 순간 사부로지의 놀람과 기쁨은 얼마나 컸을까요. 하지만 다시 생각해 보면 자신같이 거지나 다름없는 농사꾼을 이런 부잣집 사위로 맞을 리 없어, 이것은 분명 이 노인이 정신이 나간 거야, 그렇지 않으면 농담으로 하는 말이겠지 하고 생각했기 때문에 정직한 사부로지는 조금 화가 나서

"어린애라고 생각해서 저를 놀리시는 거라면 그만두세요. 저는 농부의 자식으로 이런 부잣집 사위가 될 자격이 없습니다" 라고 말했습니다. 그러자 그 병든 노인은 슬픈 얼굴로

"이유를 말하지 않았던 것은 내 잘못이네. 이유를 말하지 않으면 수긍이 가지 않을 테지. 내 부끄러움을 말하도록 하지." 하고 노인은 몹시 괴로운 듯이 콜록콜록 기침을 하면서 말을 이었습니다.

"원래 나는 내 대에 십만 석이나 되는 재산을 모았기 때문에 거리에서도 가모(加瞀)의 부자라고 하면 모르는 사람이 없지. 그런데 내가 돈을 모은 것은 솔직히 바른 방법으로 모은 것이 아니었어. 돈을 모으려고 여러 가지 나쁜 일을 했지.

가난한 사람에게 돈을 빌려주고 아주 높은 이자를 받는다든지 농부들로부터 심한 소작료를 받기도 했고, 때로는 가짜 증서를 써서 다른 사람의 집이나 밭을 속여서 뺏는 일도 했지. 게다가 말하자면 책 한 권으로도 다 말할 수 없을 정도야. 게다가 돈을 낼 일이라면 한 푼도 내지 않았어. 제 아무리 곤란한 사람이 있다 해도 쌀 한 홉, 돈 한 푼 베푸는 일도 없었어. 그 덕분에 돈은 우스울 정도로 점점 쌓였지.

그 대신 세상사람들에게는 마치 귀신이나 뱀처럼 미움을 받아야 했어. 나는 지금까지 돈만 있으면 아무리 미움을 받는다 해도 상관없다고 생각했었어.

그런데 올 봄에 내 아내가 죽어 버렸어. 게다가 가을 초부터 나도 중병에 걸렸다네. 나에게 자식이라고는 이 딸아이뿐이야. 내가 병으로 죽는다면 딸이 혼자 남게 되어 퍽 힘들 것이라고 생각해서 살아 있는 동안에 꼭 좋은 사위를 맞아들여야겠다고 생각하고 마을에서 찾기 시작했지.

그런데 말이야, 나이가 찬 아들이 있는 집도, 아무리 돈이 있다고 해도 가모네 부잣집에는 사위로 주지 않겠다. 짐승만도 못한 집에는 사위로 보낼 수가 없다고 누구 하나 사위로 오려는 사람이 없었어. 나는 돈이 있으면 무엇이나 할 수 있다고 생각했는데 그것은 내 큰 착각이었던 거지. 단 하나 있는 딸아이에게 사위를 얻어줄 수도 없었던 거지. 딸은 그것을 알고는 매일 울었어. 나도 딸이 불쌍해서 울었지. 십만 석이라는 큰 돈도 지금은 아무런 도움이 되지 않는 거야.

그 사이에 내 병이 위중해져서 이제는 오늘 죽을지 내일 죽을지 모르는 목숨이 되어 버렸어. 내가 죽으면 딸아이는 세상에 혼자 남아서 미운 놈의 자식이라고 사람들로부터 괴로움을 당할 것을 생각하니 죽을래도 죽을 수가 없어.

나는 결국 이렇게 생각했네. 도읍 사람들은 모두 가모 부자를 미워하고 있어서 아무도 사위가 되려 하지 않지만, 나그네라면 나를 미워할 이유가 없으니 사위가 되어 줄지도 모른다고 말이지. 그래서 하인들을 거리에 내보내 여행객을 모시고 오게 한 것이야. 그런데 운 좋게도 당신처럼 훌륭한 분이 와주어 얼마나 기쁜지 모르네. 부녀 두 사람을 살린다 생각하고 아무쪼록 내 소원을 들어주지 않겠는가?"
하고 말을 마치는가 싶더니, 병든 노인은 매우 지친 듯이 축 늘어져 버리고 말았습니다.

사부로지는 비로소 노인이 원하는 바를 이해했습니다. 그러나 아무리 돈이 많더라도, 도읍 사람들에게 귀신처럼 미움을 받고 있는 집의 사위가 되었다가는 따가운 눈총에 시달릴지 모른다는 생각이 들어 거절하려고 마음먹었습니다.

하지만 자세히 보면 병든 노인도 가엾어 보이는 딸도 훌쩍훌쩍 울고 있는데다, 만일 사부로지가 거절이라도 하면 병든 노인은 슬픈 나머지 그대로 숨을 거둘지도 모른다는 생각이 들어서, 마음씨 고운 사부로지는 "그렇게 부탁하신다면 어떻든 이 집 사위가 되겠습니다"라고 대답했습니다. 그러자 노인은 사부로지의 손을 잡고 사부로지에게 인사를 하는 것 같더니, 편안한 표정을 하고는 그대로 숨을 거두었습니다.

사부로지는 슬픔에 잠겨 있는 딸을 달래서 장례를 치르고 난 후, 그 딸을 아내로 맞아들여 2대째 가모 부자가 되었습니다. 그리고 전 재산 10만 석 중 절반인 5만 석을 도읍의 가난한 사람들에게 나누어주었습니다. 그러자 세상은 정직한 것이라, 도읍 사람들은 모이기만 하면,

"예전 가모 부자는 귀신처럼 무서웠는데, 이번 가모 부자는 부처님이야. 부처님 같은 부자야"라고 소문을 냈습니다.

이리하여 사부로지 부부는 사이좋게 가난한 사람들을 도우며 행복하게 살았습니다. 둘 사이에는 하나코라는 귀여운 아이가 태어났고, 어느새 10년쯤 흘렀습니다.

자, 이치로지와 사부로지가 각자 겪은 이야기는 이것으로 끝났습니다만, 과연 세 사람은 어디에서 다시 만날까요?

5. 다시 만난 삼형제

 삼형제가 도읍에 가던 중, 세 갈래로 나뉜 길에서 헤어지고 나서 10년이나 지난 무렵이었습니다. 그 무렵 게비이시라는 높은 자리에 올라있는 이치로지, 지금 이름은 사에몬노조오 기요쓰네(左衛門尉淸經)에게 도읍에서 이름 높은 가모 부자의 탄원이 있었습니다.

 그것은 지난 밤, 가모 부자의 집에 30여 명의 도적 무리가 들이닥쳐 많은 돈을 훔쳐갔을 뿐만 아니라, 딸 하나코를 납치해 갔다는 것이었습니다. 사에몬노조오 기요쓰네는 그렇지 않아도 도적떼가 멋대로 날뛰는 것에 화가 나 있었는데, 이렇게 도읍 한복판에서까지 설쳐댄다면 이제는 잠시도 그대로 내버려둘 수는 없는 일이라고 생각했습니다. 그래서 부하를 이백 명 정도 모아놓고

 "들리는 말에 의하면, 가모강 상류 미조로가 연못에는, 여자 귀신이 살고 있다는 소문 때문에 사람들이 가까이 가지 않는 것을 이용해서, 다노마루라는 대도적이 으리으리한 저택을 짓고 살고 있다고 한다. 가모의 부잣집에 침입한 도적도 이 다노마루임에 틀림없을 것이니, 빨리 가서 반드시 생포해 오도록 하라" 라고 명령했습니다.

그 다음날 일이었습니다. 미조로가 연못에 갔던 부하 한 사람이 달려왔습니다.

"나으리, 기뻐해 주십시오. 다노마루를 마침내 생포했습니다. 부잣집 따님 하나코(花子)도 무사히 데리고 왔습니다" 라고 아뢰었습니다.

사에몬노조는 대단히 기뻐하며 또 다른 부하에게

"빨리 가모의 부잣집에 가서 하나코를 데리러 오라고 말하라" 라고 명령했습니다.

마침내 게비이시원으로 두 손을 뒤로 묶인 다노마루를 끌고 왔습니다. 그리고, 뜰에 깔린 흰 모래 위에 꿇어앉혔습니다. 마침 그곳에 가모의 부자가 딸을 데리러 직접 찾아왔습니다. 그는 툇마루 위에 앉아 있었습니다.

잠시 후 시잇시잇 하는 소리가 나더니 관을 쓰고 훌륭한 복장을 한 사에몬노조가 조용히 나타났습니다. 사에몬노조는 제일 높은 상좌에 앉더니, 가모의 부자 쪽을 보고

"네가 가모의 부자인가?" 하고 물었습니다. 그때까지 고개를 숙이고 있던 부자는 얼굴을 들고

"네, 그렇습니다." 하고 대답했습니다. 그 얼굴을 자세히 보니, 바로 틀림없는 동생 사부로지가 아니겠습니까. 이치로지 사에몬노조는 엉겁결에 큰 소리로

"오. 사부로지가 아니냐?" 하고 말하자, 사부로지도 게비 이시원이라는 사실도 잊은 채

"오. 형님이 아니십니까?" 하고 말했습니다. 두 사람은 서로 달려들어 껴안으며 엉엉 울었습니다.

그러나 울고 있는 것은 두 사람만이 아니었습니다.

모래 위에 앉아 있던 도적 다노마루도 역시 묶인 몸을 뒤틀면서 이를 악물고 울고 있었습니다. 굵은 눈물방울이 뚝뚝 모래 위에 떨어졌습니다.

다노마루가 울고 있는 것을 문득 알아챈 이치지로와 사부지로는 이건 또 무슨 일일까 하고 이상하게 생각하며 이 도적의 얼굴을 보았습니다. 그는 이치지로에게는 동생, 사부로지에게는 형인 지로지가 틀림없었습니다.

삼형제에게 그때의 놀람과 기쁨과 슬픔은 어땠을까요? 그것은 여러분 스스로 생각해 보세요.

삼형제가 세 갈래 길에서 헤어졌을 때는, 단 한 발짝의 차이였습니다. 그것이 마지막에는 이런 큰 차이가 되었답니다.(1919년)

거미줄

아쿠타가와 류노스케(芥川龍之介)

1

어느 날 일이었습니다. 석가모니는 극락의 연못가를 혼자서 천천히 걷고 계셨습니다.

연못 속에 피어 있는 연꽃은 모두 구슬같이 새하얗고, 그 한가운데 있는 금색의 꽃술에서는 뭐라고 말할 수 없는 좋은 향기가 끊임없이 주변에 넘쳐 흐르고 있었습니다.

극락은 마침 아침이었습니다.

결국 석가모니는 그 연못가를 서성거리면서 수면을 덮고 있는 연꽃잎 사이로 문득 아래와 같은 상황을 보게 되었습니다.

 이 극락의 연못 아래는 바로 지옥의 밑바닥과 닿아 있었기 때문에 수정과 같은 물을 통해 삼도(三途)의 내(저승의 강)라든지 바늘산의 풍경이 꼭 요지경을 보는 것처럼 확실히 보이는 것이었습니다.

 그랬더니 지옥 밑바닥에 간다타(甲陀多)라는 한 남자가 다른 죄인과 함께 꿈틀거리고 있는 모습이 석가모니 눈에 들어왔습니다.

 이 간다타는 사람을 죽이기도 했고 집에 불을 지르는 등 나쁜 짓을 한 도둑놈이었지만, 그래도 단 하나 좋은 일을 한 기억이 있습니다. 언젠가 그가 깊은 숲 속을 지나가다 작은 거미 한 마리가 길바닥을 기어가는 것을 보았다는 것입니다.

 간다타는 재빨리 다리를 들어서 밟아 죽이려고 했지만 "아니지, 아니지, 이것도 작지만 생명이 있는 것임에는 틀림없어. 그 생명을 밟아 죽이는 일은 아무래도 불쌍해." 하며 빨리 생각을 고치고는 마침내 거미를 죽이지 않았습니다.

 석가모니는 지옥의 모습을 보면서 그 간다타가 거미를 살려 준 일이 있다는 것을 생각해 내셨습니다. 그래서 착한 일을 한 것은 그것뿐이지만 그 보답으로, 할 수 있다면 그 사내를 지옥에서 구해 줘야겠다고 생각하셨습니다. 다행히 옆을 보니, 비취빛을 띤 연꽃 잎 위에 극락의 거미가 한 마리 아름다운 은색의 거미줄을 걸고 있었습니다.

석가모니는 그 거미줄을 살짝 손으로 잡았습니다. 그리고 그것을 구슬 같은 흰 연꽃 사이로 저 멀리 아래에 있는 지옥 밑바닥으로 똑바로 내려주셨습니다.

2

이곳은 지옥 밑바닥 피의 연못으로, 다른 죄인과 함께 가라앉았다가 떴다가 하는 간다타가 있었습니다.

여하튼 어느쪽을 봐도 컴컴한데, 어쩌다 그 컴컴한 어둠에서 어렴풋이 떠오르는 것이 있다고 생각하면, 그것은 무서운 바늘산의 바늘이 빛나는 것이었기 때문에 그 마음졸임이란 이루 말할 수가 없습니다. 게다가 주변은 무덤 속같이 조용했고, 때로 들리는 것이라곤 단지 죄인이 내는 가느다란 탄식뿐이었습니다.

그것은 여기에 떨어질 정도의 사람은 이미 지옥 속에서 갖은 고통에 지쳐 버려서, 울음 소리를 낼 힘조차 없어졌기 때문이었습니다. 대도(大盜) 간다타 역시 피의 연못에 빠진 채

숨이 막혀 마치 죽어가는 개구리처럼 허우적거릴 뿐이었습니다.

그런데 어느 날이었습니다. 별 생각 없이 간다타가 고개를 들고 피의 연못 위 허공을 올려다보자, 그 고요한 어둠 속에 저 멀리 하늘 위에서 내려온 은빛 거미줄이 보였습니다. 그 거미줄은 마치 남의 눈에 띄기를 꺼리거나 하듯 한 줄기 가느다란 빛을 내며, 스르르 간다타 위로 드리워지는 것이 아니겠습니까?

간다타는 이것을 보자, 생각할 겨를도 없이 손뼉을 치며 기뻐했습니다. 이 거미줄에 매달려서 계속 올라가면, 반드시 지옥에서 빠져 나갈 수 있을 것이 틀림없었습니다.

아니, 잘하면 극락에 들어갈 수도 있겠지요. 그렇게 되면 더 이상 바늘산에 쫓길 일도 없고, 피연못에 빠질 일도 없을 것입니다.

이렇게 생각한 간다타는 잽싸게 그 거미줄을 두 손으로 꽉 움켜쥐고서 열심히 당기며 위로 오르기 시작했습니다. 원래 대도였기 때문에, 이런 일에는 옛날부터 이골이 나 있는 것입니다.

그러나 지옥과 극락은 몇 만 리가 될지도 모를 정도로 멀리 떨어져 있기 때문에, 아무리 조바심 내어 봤자 쉽사리 올라갈 수는 없습니다. 얼마간 오르는 동안에, 마침내 간다타도 지쳐서 한 뼘 더 오를 힘조차 남지 않게 되어 버렸습니다.

그래서 하는 수 없이, 우선 잠깐 쉴 생각으로 거미줄 중간에 매달려 까마득한 눈 아래를 내려다보았습니다.

그러자 열심히 올라온 보람이 있어서, 조금 전까지 있었던 피연못은 지금은 어느새인가 어두운 바닥에 깔려 보이지 않았습니다. 그리고 희미하게 빛나고 있던 무서운 바늘산도 발아래에 있었습니다. 이 상태로 올라간다면, 지옥에서 빠져나가는 것은 뜻밖에도 문제가 되지 않을지 모릅니다.

간다타는 두 손에 거미줄을 휘감으면서, 지옥에 오고 나서 몇 년 동안 낸 적이 없는 목소리로, "됐다! 됐다!" 하며 웃었습니다.

그런데 문득 정신을 차리고 보니, 거미줄 아래에는 셀 수 없이 많은 죄인들이 간다타가 올라온 뒤를 쫓아서, 마치 개미떼처럼 기를 쓰며 올라오는 것이 아니겠습니까?

간다타는 이것을 보자 놀랍고 두려운 마음이 들어, 얼마 동안은 입을 다물지 못하고 눈만 껌뻑이고 있었습니다.

자기 혼자만으로도 끊어질 듯한, 이 가느다란 거미줄이 저렇게 많은 사람들의 무게에 어떻게 견딜 수 있을까요?

만일 도중에 끊어지기라도 한다면, 모처럼 여기까지 올라

온, 이 소중한 자기 자신조차도 다시 원래 있던 지옥으로 거꾸로 떨어질 수밖에 없습니다. 그런 일이 생기면 큰 일입니다.

그러나, 그러는 사이에도, 죄인들 몇 백 몇 천 명이, 칠흑같이 어두운 피 연못 바닥에서, 우글우글 기어올라, 가늘게 빛나고 있는 거미줄을 타고, 줄지어 열심히 올라옵니다. 지금이라도 어떻게든 하지 않으면, 실은 한가운데가 끊어져 간다타는 틀림없이 떨어져 버릴 것입니다.

그래서 간다타는 큰 목소리로

"이봐. 죄인놈들아. 이 거미줄은 내 거야. 너희들은 도대체 누구에게 허락 받고 올라오는 거야. 내려. 내려."

하고 외쳤습니다.

그 순간이었습니다.

지금까지 아무렇지도 않았던 거미줄이, 갑자기 간다타가 매달려 있던 곳에서부터, 툭 하고 소리를 내며 끊어졌습니다.

간다타도 어쩔 수 없습니다. 눈 깜짝할 사이에 바람을 가르고 팽이처럼 빙글빙글 돌면서, 어느덧 어둠 속으로 거꾸로 떨어졌습니다.

그 후로는 극락의 거미줄만이 반짝반짝 가늘게 빛나면서 달도 별도 없는 하늘 한가운데에 짧게 매달려 있을 뿐입니다.

3

 부처님은 극락의 연못가에 서서, 이 모습을 계속 보고 계셨습니다만, 마침내 간다타가 피 연못 바닥에 돌처럼 가라앉아 버리자, 슬픈 얼굴을 하시면서 다시 천천히 걷기 시작하셨습니다.

 혼자서만 지옥에서 빠져 나오려는 간다타의 무자비한 마음이, 그리고 그 때문에 벌을 받고 다시 지옥으로 떨어져 버린 것이, 부처님 눈에는 어리석게 여겨졌겠지요.

 그러나 극락 연못 속 연꽃은, 조금도 그런 일에는 관심이 없습니다.

 그 옥같이 하얀 꽃은, 부처님 발 주위에 흔들흔들 꽃받침을 움직이고 있습니다.

 그때마다 한가운데 있는 금색 꽃술에서는 말할 수 없는 좋은 향기가 끊임없이 사방으로 퍼져 나갑니다.

 극락도 벌써 한낮이 가까워졌습니다.(1918년)

주문 많은 요릿집

미야자와 겐지(宮澤賢治)

 두 젊은 신사가 영국 병사와 똑같은 모습으로 반짝반짝 빛나는 소총을 메고 흰 곰 같은 개를 데리고 나뭇잎이 바스락거리는 매우 깊은 산속을 이런 말을 하면서 걷고 있었습니다.
 "도대체 이 근방의 산은 좋지 않군. 새나 짐승이 한 마리도 없이 텅 비어 있군. 무엇이라도 상관없으니 빨리 탕탕 하고 총을 쏴 보고 싶은데 말이야"
 "사슴의 노오란 옆구리에 두세 발 총격을 가한다면 상당히 통쾌할 거야. 사슴이 빙글빙글 돌고 나서 쿵하고 쓰러질 텐데."
 그곳은 꽤나 깊은 산속이었습니다.

안내해 온 전문 사냥꾼도 어찌할 바를 몰라 당황하여 어딘가로 가 버렸을 만큼 깊은 산속이었습니다.

게다가 산이 너무 무시무시했기 때문에, 흰 곰 같은 개 두 마리가 모두 현기증을 일으켜 한참 동안 신음하더니 거품을 토하고 죽고 말았습니다.

"사실 나는 이천 사백 엔 손해를 보았어." 하고 한 신사가 죽은 개 눈꺼풀을 뒤집어보고 말했습니다.

"나는 이천 팔백 엔 손해를 보았어." 또 한 신사가 억울하다는 듯이 머리를 숙이며 말했습니다.

첫 번째 신사는 조금 좋지 않은 안색으로 가만히 또 한 신사의 표정을 살피면서 말했습니다.

"이제 돌아가면 어떨까?"

"나도 마침 춥고 배도 고파서 돌아가려던 참이었어."

"그렇다면 이것으로 사냥을 끝내자구. 돌아가는 길에 어제 머문 여관에서 산 새를 십 엔어치쯤 사가지고 가면 되겠지."

"토끼도 나와 있었지. 그렇게 하면 결국 같은 일이니까. 그럼 돌아가지."

그런데 난처한 일은 어느쪽으로 가야 할지 길을 잃어버린 것이었습니다.

마침내 바람이 불어와, 풀잎은 서걱서걱, 나뭇잎은 버석버

석, 나무는 투둑투둑 하고 소리를 냈습니다.

"정말 배가 고파. 조금 전부터 옆구리가 아파서 견딜 수가 없어."

"나도 그래. 이제 더 이상 걸을 수가 없어."

"정말 못 걷겠어."

"뭔가 먹고 싶군."

두 신사는 서걱서걱 소리나는 억새풀 속에서 이렇게 이야기를 나누었습니다.

그때 문득 뒤를 보자, 훌륭한 양옥집 한 채가 있었습니다.

그리고 현관에는 서양요리점이라는 팻말이 붙어 있었습니다.

```
RESTAURANT
서양요리점
WILDCAT HOUSE
산고양이집
```

"이봐, 마침 잘 됐어. 여기도 상당히 개명한 곳인데. 들어가자고."

"어렵쇼! 이런 곳에…이상한데. 그렇지만 어쨌든 뭐든 식사를 할 수 있겠지."

"물론 되겠지. 간판에 그렇게 써 있지 않나."

"들어가자고. 난 이젠 허기가 져서 쓰러질 지경이야."

두 사람은 현관에 섰습니다. 현관은 흰색 벽돌로 지은 것이 정말 근사해 보였습니다.

그리고 유리로 된 출입문이 있었고 거기에는 금색 글씨로 이렇게 쓰여 있었습니다.

【어떤 분이든 아무쪼록 들어오십시오. 절대 주저하지 마세요】

두 사람은 거기서 몹시 기뻐하며 말했습니다.

"이것 봐. 역시 세상사가 이렇다니까. 오늘 하루종일 고생했지만 이번엔 이렇게 좋은 일도 있으니. 이 집은 요릿집이지만 공짜로 먹여준다구."

"정말 그런 것 같군. 절대 주저하지 마세요가 그런 뜻인 것 같군."

두 사람은 문을 밀고 안으로 들어갔습니다. 그곳은 바로 복도로 이어져 있었습니다. 그 유리문 안쪽에는 금색글씨로 이렇게 적혀 있었습니다.

【특히 살찐 분이나 젊은 분은 대환영입니다】

두 사람은 대환영이라는 말에 매우 기뻤습니다.
"이봐, 우린 대환영에 해당한다고."
"우린 양쪽 모두에 해당되니까."
성큼성큼 복도로 나아가니 이번에는 물빛 페인트칠을 한 문이 있었습니다.
"어째 이상한 집인 걸. 왜 이렇게 문이 많지?"
"이건 러시아 식이야. 추운 곳이나 산속은 전부 이래."
그리고 두 사람이 문을 열려고 하자 그 위에 노란 글씨로 이렇게 쓰여 있었습니다.

【본점은 주문이 많은 요릿집이므로
그 점을 양해해 주시기 바랍니다】

"대단한 걸. 이런 산속에서."
"그래 그래. 보라구. 도쿄의 큰 요릿집도 큰 길가에는 적지 않아."
두 사람은 이렇게 말하면서 그 문을 열었습니다. 그러자 그 안쪽에,

【주문이 상당히 많겠지만 아무쪼록 참아 주시기 바랍니다】

"이게 도대체 무슨 소리야." 한쪽 신사가 얼굴을 찌푸렸습니다.

"음, 이건 분명히 주문이 너무 많아서 준비하는 데 시간이 너무 많이 걸리니까 미안합니다라고 하는 거야."

"그럴 거야. 빨리 아무 방에나 들어가고 싶군."

"그리고 테이블에 앉고 싶어."

그러나 아주 귀찮게도 문이 또 하나 있었습니다. 그 옆에는 거울이 걸려 있고, 그 아래에는 손잡이가 있는 긴 브러시가 놓여 있었습니다.

문에는 빨간 글씨로

【손님, 이곳에서 머리를 잘 가다듬고, 신발의 흙을 털어 주세요】

라고 써 있었습니다.

"그건 그래. 나도 아까 현관에서 산속이라고 우습게 보았거든."

"예절이 엄한 집이로군. 분명 훌륭한 사람들이 자주 오는 곳이야."

 두 사람은 단정하게 머리를 빗고, 구두의 흙을 털었습니다.

 그러자 어찌된 일일까요? 브러시를 바닥에 내려놓자마자 펑하고 연기와 함께 없어지고 바람이 휘익 하고 방안으로 불어왔습니다.

 두 사람은 깜짝놀라 서로 붙어서서 문을 탁 열고 다음 방으로 들어갔습니다. 빨리 뭔가 따뜻한 것을 먹고 기운을 차리지 않으면 무슨 일이 일어날지 모르겠다고 두 사람 모두 생각했습니다.

 문 안쪽에 또 이상한 말이 써 있었습니다.

【총과 총알은 이곳에 놓아 주세요】

 둘러보니 바로 옆에 까만 받침대가 있었습니다.
 "그렇군. 총을 들고 음식을 먹는 법은 없지."
 "허어, 상당히 훌륭한 사람들이 늘 오는가 봐."
 두 사람은 총과 가죽허리띠를 풀어서 그 받침대에 놓았습니다.
 또 까만 문이 있었습니다.

【부디 모자와 외투와 신발을 벗어 주세요】

"어떻게 할까? 벗을까?"

"할 수 없지. 벗자구. 분명히 훌륭한 사람일 거야. 안에 와 있는 사람은."

두 사람은 모자와 외투를 못에 걸고 신발을 벗고는 터벅터벅 걸어서 문 안으로 걸어 들어갔습니다.

문 안쪽에는

【넥타이핀, 커프스 버튼, 안경, 지갑, 그 외의 금속류, 특히 뾰죽한 물건은 모두 이곳에 놓아 주세요】

라고 써 있었습니다. 문 바로 옆에는 까맣게 칠한 멋진 금고가 따악 입을 벌리고 있었습니다. 열쇠까지 갖추어져 있었습니다.

"허허, 어떤 요리에는 전기를 사용하나 봐. 쇠붙이는 위험하다. 특히 뾰죽한 것은 위험하다는 말이지."

"그럴 거야. 그러고 보니 계산은 돌아갈 때 여기서 하는 건가?"

"아무래도 그런 것 같아."

"그런 거야. 분명히."

두 사람은 안경을 벗고 커프스버튼을 빼서 모두 금고 안에 넣고는 찰칵 하고 열쇠를 걸었습니다. 조금 가니까 또 문이 있고 그 앞에 유리 항아리가 하나 있었습니다. 문에는 이렇게 써 있었습니다.

【유리병 안의 크림을 얼굴과 손발에 듬뿍 발라주세요】

들여다보니 분명히 병 안에 있는 것은 밀크 크림이었습니다.
"크림을 바르라니 무슨 말이야?"
"그건 말이야, 바깥이 무척 춥잖아. 방안이 너무 따뜻하면 손이 트니까 그걸 예방하자는 거지. 아무래도 안에는 상당히 훌륭한 분이 와 있는 거야. 이런 곳에서 뜻밖에도 우리는 귀족과 가까워질지도 몰라."

두 사람은 항아리의 크림을 얼굴에 바르고, 손에 바르고, 양말을 벗고서 발에 발랐습니다. 그래도 아직 남아 있어서 두 사람은 각자 얼굴에 바르는 시늉을 하면서 먹었습니다.

그리고 급히 문을 열자 그 안에는

【크림을 잘 발랐습니까? 귀에도 잘 발랐습니까?】

라고 써 있고 이곳에도 작은 크림 항아리가 놓여 있었습니다.

"그래 그래. 난 귀에는 안 발랐어. 위험하게도 귀가 틀 뻔했어. 이곳 주인은 정말 용의주도하군."

"그래, 작은 것까지 신경을 쓰는군. 그런데 우린 빨리 뭔가 먹고 싶은데, 이렇게 복도만 계속되면 곤란해."

그러자 바로 그 앞에 다음 문이 있었습니다.

**【요리는 금방 됩니다. 15분도 채 걸리지 않습니다.
곧 드실 수 있습니다.
빨리 당신 머리 위에 병 안에 들어 있는 향수를 잘 뿌려 주세요】**

그리고 문 앞에는 금빛 향수병이 놓여 있었습니다.

두 사람은 그 향수를 머리에 가볍게 뿌렸습니다.

그런데 그 향수는 아무래도 식초 같은 냄새가 나는 것이었습니다.

"이 향수는 이상하게 시큼하군. 무슨 일일까?"

"잘못된 거야. 하녀가 감기라도 걸려서 잘못 넣은 거야."

두 사람은 문을 열고 안으로 들어갔습니다.

문 안쪽에는 큰 글씨로 이렇게 쓰여 있었습니다.

【여러 가지 주문이 많아서 번거러웠지요? 미안합니다.
이제 한 가지만 남았습니다.
아무쪼록 항아리 안에 있는 소금을 온몸에 많이 쳐서
잘 문질러 스며들도록 해 주십시요】

과연 훌륭한 푸르스름한 색깔의 도자기 소금 항아리가 놓여 있었습니다만, 이번에야말로 두 사람 모두 눈을 크게 뜨고 크림을 바른 얼굴을 서로 바라보았습니다.

"아무래도 이상해."

"나도 이상하다고 생각해."

"주문이 많다고 하는 것은, 저쪽이 우리에게 주문하고 있는 거야."

"그러니까 말이지. 서양요릿집이라고 하는 것은, 내 생각으로는, 서양요리를 말이지, 온 사람에게 만들어 주는 게 아니라 온 사람을 서양요리로 해서 먹어 주는 집, 그런 말이야. 이것은 그, 바 바 바 바로, 우 우 우리가…." 벌벌 떨기 시작해서 더 이상 말을 이을 수가 없었습니다.

"그, 우 우리가… 우와야" 벌벌 떨리기 시작해서 더 이상 말을 이을 수가 없었습니다.

"도망가…" 벌벌 떨면서 신사 한 사람은 뒷문을 밀려고 했지만, 어찌된 일일까요. 문은 꼼짝도 하지 않는 것이 아니겠어요.

안 쪽에는 또 하나의 문이 있었는데, 그곳에는 큰 열쇠구멍 두 개가 붙어 있었고 은빛 포크와 나이프 모양이 새겨져 있었고,

**【참 수고 많이 하셨습니다.
매우 잘 되었습니다.
자 자 어서 안으로 들어오십시오】**

라고 써 있었습니다. 게다가 열쇠 구멍으로는 두 개의 파란 눈알이 두리번거리며 이쪽을 보고 있는 것이 아니겠어요.

"우와아." 벌벌벌벌

"우와아." 벌벌벌벌

두 사람은 울기 시작했습니다.

그러자 문 안쪽에서 소곤소곤하는 소리가 들려 왔습니다.

"이런, 벌써 눈치챘나 봐. 소금간이 잘 배지 않은 것 같아."

"당연하지. 두목이 쓴 것이 안 좋았던 같아. 저기에, 여러 가지 주문이 많아서 번거러웠지요? 미안합니다라니, 쓸데없는 말을 썼잖아"

"상관없어. 어차피 우리한테는 뼈다귀조차 나눠 주지 않을 걸 뭐."

"그건 그래. 그렇지만 만약 저 녀석들이 여기 들어오지 않는다면 그건 우리 책임이야."

"부를까, 부르자. 어이, 손님들, 어서 오세요. 들어오세요. 들어오세요. 접시도 씻어 놓았고, 채소잎도 벌써 소금에 잘 절여 놓았어요. 그 다음엔 당신들과 채소잎을 잘 섞어서 흰 접시에 담기만 하면 됩니다. 빨리 오세요."

"어이, 들어오세요, 들어오세요. 아니면 샐러드는 싫으세요? 그러면 지금부터 불을 피워서 프라이를 해 드릴까요? 아무튼 빨리 오세요."

두 사람은 너무나 무서워서 얼굴이 마치 구겨진 종잇장처럼 되어 서로 얼굴을 마주보고 부들부들 떨며 소리도 내지 못하고 울었습니다.

안에서는 킬킬거리고 웃으며 또다시 소리쳤습니다.

"들어오세요, 들어오세요. 그렇게 울면 모처럼 바른 크림이 흘러 버리잖아요. 예, 곧 가지요. 금방 가지고 가겠어요. 자 빨리 오세요."

"빨리 오세요. 두목님이 벌써 냅킨을 두르고, 나이프를 들고, 입맛을 다시면서 손님들을 기다리고 계십니다."

두 사람은 울고 울고 또 울었습니다.

그때 뒤에서 갑자기,

"멍, 멍, 머엉." 하는 소리가 들리며 그 흰곰 같은 개가 두 마리 문을 뚫고 방안으로 뛰어들어왔습니다. 열쇠 구멍으로 들여다보던 눈알은 홀연 사라져 버리고 개들은 우우 하고 으르렁거리며 한동안 방안을 빙빙 돌다가 또다시 한 번,

"멍." 하고 높이 짖고 갑자기 다음 문으로 달려들었습니다. 문이 쿵하고 열리고 개들이 빨려 들어가는 것처럼 뛰어갔습니다.

그 문 저쪽 깜깜한 어둠 속에서,

"야옹, 크르렁, 으르렁 으르렁." 하는 소리가 들리고, 그리고는 부스럭부스럭 하는 소리가 들렸습니다.

방은 연기처럼 사라지고 두 사람은 추위에 덜덜 떨며 풀숲에 서 있었습니다.

그러고 보니 옷이며, 구두며, 지갑이며, 넥타이핀은 저쪽 나뭇가지에 걸려 있거나, 이쪽 나무 뿌리에 흩어져 있거나 하였습니다. 바람이 휘익 하고 불어와 풀은 서걱서걱, 나뭇잎은 바스락바스락, 나무는 윙윙하며 소리를 내었습니다.

개가 후우하고 숨을 내쉬며 돌아왔습니다.

그리고 뒤에서는,

"여보세요, 여보세요." 하고 외치는 소리가 들려왔습니다.

두 사람은 갑자기 기운이 나서,

"여보게, 여보게, 여기야, 빨리 와." 하고 외쳤습니다.

밀짚모자를 쓴 전문 사냥꾼이 풀숲을 헤치며 다가왔습니다.

그때서야 두 사람은 겨우 마음을 놓았습니다.

그리고 사냥꾼이 가지고 온 경단을 먹고, 도중에 십 엔어치 산새를 사 가지고 도쿄로 돌아왔습니다.

그러나 아까 구겨진 종잇장처럼 되었던 얼굴만큼은 도쿄에 돌아와서도, 목욕탕에 들어가도 원래대로 되돌아오지 않았습니다.(1924년)

첼로 켜는 고슈

미야자와 겐지(宮澤賢治)

고슈는 읍내 활동사진관에서 첼로 켜는 일을 합니다.

하지만, 별로 잘 연주하지 못한다는 평판을 받았습니다.

잘 연주하지 못할 뿐만 아니라, 실은 동료 악사들 중 가장 실력이 없었기 때문에 언제나 악장에게 꾸중을 들었습니다.

점심 늦게, 모두 악실에 둘러앉아 이번에 읍내 음악회에서 발표할 제6교향곡을 연주하고 있었습니다.

트럼펫은 열심히 노래하고 있습니다.

클라리넷도 '부~ 부~' 소리를 내며 트럼펫을 돕고 있습니다.

바이올린도 바람처럼 울리고 있습니다.

고슈도 꽉 입을 다물고 눈을 가늘게 뜨고서 악보를 살피며 첼로를 켜는 데 집중하고 있습니다.

별안간 짝 하고 악장이 손뼉을 쳤습니다.

모두 깜짝 놀라 연주를 멈추고 조용히 눈치를 살폈습니다. 악장이 호통쳤습니다.

"첼로가 늦잖아. 따안딴딴 딴딴따안, 여기부터 다시 해 봐. 자, 시작."

모두들 지금 연주하던 조금 앞부분부터 다시 연주했습니다. 고슈는 얼굴이 새빨개져 이마에서 식은 땀을 흘리며 간신히 조금 전 지적받은 부분을 넘겼습니다. 안도의 한숨을 내쉬며 연주를 계속하려니까, 악장이 또 짝 하고 손뼉을 쳤습니다.

"첼로! 줄이 맞지 않아. 곤란해. 내가 자네한테 도레미파부터 가르칠 여유는 없어."

모두들 고슈가 가여워, 자기 악보를 쳐다보거나 자기 악기를 매만지면서 못 들은 척합니다. 고슈는 서둘러 줄을 고쳤습니다. 이렇게 된 데에는 고슈가 실력이 부족한 탓도 있지만, 실은 첼로도 꽤 낡은 것이기 때문이었습니다.

"지금의 앞 소절부터. 자, 시작."

모두들 다시 시작했습니다. 고슈도 이를 악물고 열심히 연주합니다. 그리고 이번에는 꽤 길게 연주했습니다.

잘 되어간다는 생각이 들자, 악장이 으르렁거리듯 또 짝 하고 손뼉을 쳤습니다. 고슈는 또 실수를 했나 뜨끔했습니다. 그러나 고맙게도 이번에는 다른 사람의 잘못이었습니다. 고슈는 조금 전 자기가 실수해서 혼날 때 다른 사람들이 모두 그랬듯이, 자기 악보에 눈을 주며 뭔가 생각하는 척하고 있었습니다.

"그럼, 바로 지금 다음부터. 자, 시작"

제대로 잘하고 있는 건가 생각하자, 느닷없이 악장이 발을 쿵 하고 구르며 소리 질렀습니다.

"아니야! 전혀 맞지가 않아! 이 부분은 이 곡의 심장이야. 그런데 이렇게 거치니… 여러분, 연주회까지 앞으로 열흘밖에 남지 않았어. 음악을 전문으로 하는 우리들이 저 대장장이나 과자집 점원 따위의 모임에 진다면, 도대체 우리들 체면은 어떻게 되겠어? 어이 고슈군. 자네는 전혀 표정이라곤 없어. 무표정하고 감정이 전혀 안 보여. 게다가 아무래도 뭔가 다른 악기와 딱 맞질 않아. 언제나 자네만 풀린 구두끈을 질질 끌고 다른 사람 뒤를 따라 걷는 것 같아. 곤란해, 정신 차리고 하지 않으면. 빛나는 우리 금성음악단(金星音樂團)이 자네 한 사람 때문에 좋지 않은 평판을 듣게 된다면 모두가 불쌍하잖아. 자, 그럼 오늘 연습은 여기까지. 휴식을 취하고 여섯 시에는 꼭 자리로 돌아오도록." 모두는 목례를 하고 나서 담배를 피우거나 어디론가 나가거나 했습니다.

고슈는 그 허름한 상자 같은 첼로를 안고, 벽을 향해 입을 꽉 다물고 주르륵 눈물을 흘렸지만, 마음을 다잡고 자기 혼자서 지금 연주했던 부분을 처음부터 조용히 다시 한 번 더 켜기 시작했습니다.

그날 밤 늦게 고슈는 뭔가 크고 시커먼 보따리를 메고 집으로 돌아왔습니다. 집이라 해도 그것은 변두리의 강가에 있는 부서진 물레방앗간 오두막집이었습니다. 고슈는 그곳에 혼자 살면서 오전에는 오두막 주위의 작은 밭에서 토마토 가지를 치거나 양배추에 있는 벌레를 잡았고, 오후가 되면 언제나 집을 나서곤 했습니다.

고슈가 집으로 돌아와 조금 전의 그 시커먼 보따리를 펼쳤습니다. 그것은 바로 저녁 때 연주하던 볼품없는 첼로였습니다. 고슈는 첼로를 마루 위에 살며시 놓자마자 돌연 찬장에서 컵을 꺼내 양동이의 물을 꿀꺽꿀꺽 마셨습니다.

그리고 머리를 한 번 흔들고 의자에 앉고는 마치 범과 같은 기세로 낮에 연주했던 악보를 켜기 시작했습니다.

악보를 넘기면서 켜고는 생각하고, 생각하고는 켜고, 악보가 끝나면 다시 처음부터 몇 번이나 웅웅웅 계속 켰습니다.

한밤중도 훨씬 지나 드디어 자기가 첼로를 켜고 있는지도 모르게 되었고, 얼굴도 발갛게 달아오르고, 눈도 충혈되어 무서운 얼굴이 되었고, 당장에라도 쓰러질 것처럼 보였습니다.

그때 누가 뒷문을 똑똑 두드리는 소리가 들렸습니다.

"호슈 군인가?" 고슈는 잠에 취한 듯 외쳤습니다. 그런데 문을 열고 들어온 것은 지금까지 대여섯 번 본적이 있는 몸집이 큰 얼룩고양이였습니다.

고슈의 밭에서 딴 반쯤 익은 토마토를 짐짓 무거운 듯이 가지고 와서 고슈 앞에 내어놓고 말했습니다.

"아. 힘들어. 들고 오기는 정말 힘들어."

"뭐라고?" 고슈가 물었습니다.

"이거 선물입니다. 드세요." 얼룩고양이가 말했습니다.

고슈는 낮부터 쌓인 스트레스를 한꺼번에 퍼부었습니다.

"누가 너한테 토마토 따위를 가지고 오라고 했어. 무엇보다도 네가 가지고 온 토마토를 내가 먹을 것 같아? 그리고 그 토마토도 내 밭에서 난 거야. 뭐야, 빨개지지도 않았는데 잡아 뽑다니. 지금까지 토마토 줄기를 씹어 버리거나, 마구 밟아 흩뜨려 놓은 것은 바로 너지? 저리 가. 못된 고양이."

그러자 고양이는 어깨를 둥글게 하고 눈을 가늘게 뜨고는 있었습니다만, 입 언저리에 빙글빙글 웃음을 띠면서 말했습니다.

"선생님, 그렇게 화를 내면 몸에 해로워요. 그보다 슈만의 트로메라이를 켜 보세요. 들어 드릴 테니."

"건방진 소리 하지 마. 고양이 주제에."

첼리스트는 이 고양이 녀석을 어떻게 할까 하고 잠시 생각했습니다.

"아니요. 사양하지 않겠습니다. 저는 선생님 음악을 듣지 않으면 잠이 오지 않는 걸요."

"건방져. 건방져. 건방지단 말이야."

고슈는 완전히 얼굴이 새빨개져서, 낮에 악장이 하던 것처럼 발을 구르며 소리를 질렀지만, 갑자기 마음을 바꾸고 말했습니다.

"그럼 연주할게." 고슈는 무슨 생각을 했는지, 문을 잠그고 창도 모두 닫고 나서 첼로를 꺼내더니 불을 껐습니다. 그러자 바깥에서 하현달 달빛이 방의 절반 정도로 흘러 들어왔습니다.

"뭘 연주하라고?"

"트로메라이, 로맨틱 슈만 작곡." 고양이는 입을 닦고 시치미를 떼며 말했습니다.

"그래. 트로메라이라는 곡은 이런 곡이구나."

첼리스트는 무슨 생각을 했는지 우선 손수건을 찢어서 자기 귀를 꽈악 틀어막았습니다. 그러고는 폭풍이 몰아치는 듯한 기세로 "인도의 호랑이 사냥꾼"이라는 악보를 연주하기 시작했습니다. 그러자 고양이는 잠시 고개를 비스듬히 기울이고 듣고 있었지만, 갑자기 눈을 깜박깜박하더니 홱하고 문쪽으로 다가섰습니다. 그리고 돌연히 쿵하고 몸을 문에 부딪쳤습니다만, 문은 열리지 않았습니다. 고양이는 이것은 일생일대의 실수라는 듯이 당황하기 시작했고, 눈과 이마에서는 탁탁 하고 불꽃이 튀었습니다. 그 다음엔 입 주위의 털에서도 코에서도 불꽃이 튀어나와서 고양이는 간지럽다는 듯이 잠시 재채기를 할 것 같은 얼굴이었습니다. 그러나 곧 이럴 때가 아니라는 듯이 재빠르게 걷기 시작했습니다. 고슈는 아주 신이 나서 힘차게 연주를 했습니다.

"선생님, 이제 됐어요. 됐다니까요. 제발 그만하세요. 이제부터는 선생님께 지휘 같은 것은 하지 않을 테니까요."

"조용히 해. 이제부터 호랑이를 잡으려고 하니까."

고양이는 괴로워하며 이리 저리 뛰어올랐다가 벽에 몸을 부딪혔는데, 그 부딪힌 벽 부분은 잠시 파랗게 빛나는 것이었습니다. 고양이는 마침내 바람개비처럼 빙글빙글 고슈 주

위를 돌았습니다. 고슈는 조금 어지러워져서,

"자, 이 정도로 용서해 줄게"라고 하면서 겨우 멈췄습니다. 그러자 고양이도 태연하게 "선생님, 오늘밤 연주는 정상이 아니네요"라고 말했습니다.

첼리스트는 또다시 울컥하고 화가 치밀었지만 아무렇지도 않은 척 담배 한 대를 꺼내서 입에 물고는 성냥을 한 개피를 꺼내 들고,

"어때? 속이 이상하지 않아? 혀를 내밀어 봐."

고양이는 놀리는 듯이 뾰족하고 긴 혀를 낼름 내밀었습니다.

"이런, 조금 까칠하구나." 첼리스트는 이렇게 말하면서 갑자기 성냥을 혓바닥에 확 그어서 자기의 담배에 불을 붙였습니다. 그러자 고양이는 얼마나 놀랐는지 혀를 풍차처럼 휘두르며 들어온 문 쪽으로 가서 머리를 쾅 하고 부딪치고는 비틀비틀, 또다시 돌아와서 쾅 하고 부딪치고는 비틀비틀, 다시 돌아와서 쾅 하고 부딪치고는 비틀비틀 하면서 도망칠 길을 만들려고 했습니다.

고슈는 한동안 재밌다는 듯이 쳐다보고 있다가,

"내보내 줄게. 다시는 오지 마. 바보야"라고 말했습니다.

그리고 첼리스트는 문을 열고 고양이가 바람처럼 억새 속

으로 달려가는 것을 보고 웃었습니다.

그러고 나서 이제야 속이 시원하다는 듯이 푸욱 잠이 들었습니다.

다음날 밤도 고슈는 또다시 검은 첼로 케이스를 짊어지고 돌아왔습니다. 그리고 물을 꿀꺽꿀꺽 마시더니 어젯밤과 똑같이 힘차게 첼로를 켜기 시작했습니다. 12시가 곧 지나고 1시도 지나고 2시가 지났는데도 고슈는 여전히 멈추질 않았습니다. 그러고 나서 몇 시인지 뭘 켜고 있는지도 잊은 채 웅웅거리며 켜고 있자니까 누군가 다락방에서 똑똑하고 두들기는 사람이 있었습니다.

"고양이야! 아직도 질리지 않았니?"

고슈가 소리치자 갑자기 천정 구멍에서 펑하는 소리가 나더니 회색 빛 새가 한 마리 내려왔습니다. 마루에 내려앉은 걸 보니 그것은 뻐꾸기였습니다.

"새까지 오다니! 무슨 볼일이야?"

고슈가 말했습니다.

"음악을 배우고 싶어요."

뻐꾸기가 시치미를 떼고 말했습니다.

고슈가 웃으며,

"음악이라고? 네 노래는 뻐꾹뻐꾹 하는 것뿐이잖아."

그러자 뻐꾸기는 매우 진지하게,

"네, 그렇습니다. 하지만 어렵죠." 라고 말했습니다.

"어렵다고? 너희들은 많이 울어야 되니까 힘든 것뿐이지, 어떻게 울건 상관없잖아."

"하지만 그게 바로 어려운 걸요. 예를 들자면 뻐꾹 하고 이렇게 우는 거랑, 뻐~꾹 하고 이렇게 우는 건 듣기만 해도 얼마나 다른데요."

"다르지 않은 걸!"

"그건 당신이 모를 뿐이예요. 우리 친구들이라면 뻐꾹 하고 만 번 울면 만 번이 전부 달라요."

"웃기는군. 그렇게 잘 안다면 일부러 나한테까지 오지 않아도 되는 거 아냐?"

"하지만 저는 도레미파를 정확하게 하고 싶어요."

"도레미파고 뭐고 무슨 상관이야?"

"아니오, 외국에 가기 전에 꼭 한 번 필요합니다."

"외국이고 뭐고 무슨 상관이야?"

"선생님, 제발 도레미파를 가르쳐 주십시오. 제가 따라 부를 테니까요."

"귀찮게 구는군. 자, 세 번만 켜줄 테니 끝나면 곧바로 돌아가야 해."

고슈는 첼로를 끌어당겨 현을 맞추고 도레미파솔라시도 하고 켰습니다. 그러자 뻐꾸기는 서둘러 날개를 펄럭였습니다.

"틀렸어요, 틀렸어요. 그게 아니에요."

"귀찮게 구네. 그러면 네가 해 봐."

"이거예요." 뻐꾸기는 몸을 앞으로 굽혀 잠시 준비를 하고는,

"뻐꾹." 하고 한 번 울었습니다.

"뭐야, 그게 도레미파야? 너희들에겐 그러면 도레미파도 제6교향곡도 같은 것이겠네."

"그건 아니에요."

"어떻게 다른데?"

"어려운 건, 이걸 오래 계속한 것이 있어요."

"이렇게 말이지?" 첼리스트는 다시 첼로를 잡고 뻐꾹뻐꾹 뻐꾹뻐꾹 하고 계속해서 켰습니다.

그러자 뻐꾸기는 아주 기뻐하며 도중에서부터 뻐꾹뻐꾹 뻐꾹뻐꾹 하고 따라 울었습니다. 그것도 아주 있는 힘을 다해 몸을 굽히면서 언제까지고 소리내어 울었습니다.

고슈는 차츰 손이 아파와서,

"이 녀석아, 그만 좀 하지."

하고 말하며 멈추었습니다. 그러자 뻐꾸기는 아쉽다는 듯이

눈을 치켜 뜨고 여전히 한동안 울다가 겨우,

"뻐꾹 뻐꾸 뻐 뻐 뻐 뻐 버."
하고 울다가 멈추었습니다.

고슈가 아주 화가 나서

"이놈의 새야, 이제 볼일 다 봤으면 돌아가." 하고 말했습니다.

"제발 한 번 더 켜 주세요. 선생님이 켠 것은 괜찮은 것 같기는 한데 조금 틀려요."

"뭐라고, 내가 너한테 배우는 건 아니잖아. 안 돌아갈 테냐?"

"제발 딱 한 번만 더 부탁드립니다. 제발."

뻐꾸기는 머리를 몇 번이고 꾸벅 꾸벅 숙였습니다.

"그러면 이번만이야."

고슈는 활을 잡았습니다. 뻐꾸기는,

"후." 하고 숨을 한번 내쉬고

"그러면 될 수 있는 한 길게 부탁드립니다." 하고 말하며 다시 한 번 절을 했습니다.

"정말 귀찮군." 고슈는 쓴웃음을 지으며 첼로를 켜기 시작했습니다. 그러자 뻐꾸기는 다시 진지하게 "뻐꾹, 뻐꾹, 뻐꾹." 하면서 몸을 구부리고 정말로 열심히 울었습니다.

고슈는 처음에는 공연히 짜증이 났지만 계속해서 첼로를 켜고 있는 동안에 갑자기 어쩐지 뻐꾸기가 정말 도레미파에 딱 들어맞는 게 아닌가 하는 생각이 들었습니다.

왠지 첼로를 켤수록 뻐꾸기가 더 잘하는 것 같은 느낌이 들었습니다.

"에잇, 이런 한심한 짓을 하고 있으면 내가 새가 되어 버리는 것이 아닐까?" 하고 고슈는 갑자기 홱하고 첼로를 멈췄습니다.

그러자 뻐꾸기는 머리를 탁하고 맞은 것처럼 비틀비틀거리다가 전처럼 "뻐꾹, 뻐꾹, 뻐꾹, 뻐, 뻐, 뻐." 하고는 울음을 그쳤습니다. 그런 다음에 원망스럽게 고슈를 보고 "왜 그만 두었어요? 우리들이라면 아무리 기운이 없는 놈이라도 목에서 피가 나올 때까지 울어요." 하고 말했습니다.

"뭐라고? 건방지게. 이런 한심한 짓을 언제까지 해야 한다는 거야? 이제 나가. 봐, 날이 새고 있잖아." 고슈는 창을 가리켰습니다.

동쪽 하늘이 훤하게 은빛으로 변하고 시커먼 구름이 북쪽으로 흘러가고 있었습니다.

"그러면 해가 떠오를 때까지 한 곡 더 어때요? 잠깐인데요."

뻐꾸기는 또 한 번 절을 했습니다.

"시끄러워, 제 맘대로야. 이 멍청한 새야. 나가지 않으면 비틀어서 아침밥으로 먹어 버릴 테다."

고슈는 쿵 하고 발을 굴렀습니다.

그러자 뻐꾸기는 별안간 깜짝 놀란 듯 홱 창문을 향해서 날아갔습니다. 그리고 유리에 심하게 머리를 부딪치고는 털썩하고 마루에 떨어졌습니다.

"이게 뭐야, 유리창에 부딪히다니, 한심한 것." 고슈는 급히 일어나 창문을 열려고 했습니다만, 원래 이 창문은 그렇게 언제나 슬슬 열리는 창문이 아니었습니다. 고슈가 창틀을 몇 번이고 덜컥덜컥거리고 있는 동안에 뻐꾸기는 다시 탁하고 부딪혀서 바닥에 떨어졌습니다.

보니까 뻐꾸기 부리에서 피가 조금 흐르고 있었습니다.

"지금 문을 열어 줄 테니까 기다리라니까." 고슈가 겨우 창문을 조금 연 순간 뻐꾸기는 일어나서 어떤 일이 있어도 이번만은이라고 하는 듯이 한참 창 너머 동쪽 하늘을 바라보고는 한껏 있는 힘을 써서 휙 하고 날아올랐습니다. 물론 이번에는 전보다 심하게 부딪혀서, 마루에 떨어진 채 움직이지 못했습니다. 고슈가 붙잡아서 문으로 날려주려고 손을 내밀었더니 뻐꾸기는 갑자기 눈을 부릅뜨고 홱 비켰습니다. 그리고 또 창문으로 날아가려고 했습니다. 고슈는 자기도 모르게 다리를 들고 창문을 꽉 걷어찼습니다. 유리는 굉장한 소리를 내면서 부서지고 창문은 창틀째 밖으로 떨어졌습니다. 그 뻥 뚫린 창으로 뻐꾸기가 화살처럼 밖으로 날아가 버렸습니다. 그리고 저 멀리 똑바로 날아가서 드디어 보이지 않게 되었습니다. 고슈는 한참 기가 막힌 듯이 밖을 보고 있었습니다만, 그대로 쓰러지듯이 방 한구석에 뒹굴다 잠이 들어 버렸습니다.

다음날 밤에도 고슈는 늦은 밤까지 첼로를 연습하다가 피곤해서 물을 한 잔 마시고 있었습니다. 그때, 또 창문을 똑똑 두드리는 소리가 들려왔습니다.

오늘 밤에는 어젯밤 뻐꾸기처럼 처음부터 깜짝 놀라게 해서 쫓아 버리겠다고 생각하고, 컵을 든 채로 마음을 단단히 먹고 기다렸습니다. 그러자 창문이 조금 열리더니 아기 너구리 한 마리가 들어오는 것이었습니다. 고슈는 그 창문을 좀 더 넓게 열고 발을 쿵 하고 구르며,

"이봐, 너구리. 너는 너구리 국이라는 걸 알고 있어?"
라고, 소리를 질렀습니다. 그러자 아기 너구리는 멍한 얼굴로 바르게 마루 한가운데 앉은 채, 잘 모르겠다는 듯 고개를 숙이고 생각에 잠겼습니다. 잠시 후에, "너구리 국이라는 건,

난 몰라"라고 대답했습니다. 고슈는 그 얼굴을 보고 무심코 웃음이 터져 나올 뻔했지만, 억지로 무서운 얼굴을 하고, "그럼 가르쳐 주지. 너구리 국이라는 건 말이야, 너 같은 너구리를 잡아다가, 양배추랑 소금에 섞어서 푹 삶아 먹는 거지"라고 말했습니다. 그러자 아기 너구리는 또 이상하다는 듯,

"그렇지만 우리 아빠가 말이야, 고슈 씨는 아주 착한 사람이고 무섭지 않으니까 가서 배워오라고 했는데"라고 말하는 것이었습니다. 그 말을 듣고는 고슈도 마침내 웃어 버리고 말았습니다.

"뭘 배우겠다는 거야. 난 바빠. 게다가 졸려 죽겠어."

아기 너구리는 갑자기 힘이 나는 듯 한 발짝 앞으로 나섰습니다.

"난 작은 북을 맡았어. 첼로에 맞춰 연습하고 오래."

"작은 북이 어디 있어? 없잖아."

"응, 여기." 아기 너구리는 등에서 북채 두 개를 꺼냈습니다.

"그걸로 어떻게 하려고?"

"그럼, 『유쾌한 마차꾼』을 연주해 주세요."

"뭐, 유쾌한 마차꾼? 재즈곡 말이니?"

"아참, 여기 악보 가져왔어."

아기 너구리는 또 등에서 악보를 한 장 꺼냈습니다. 고슈

는 그 악보를 손에 들고 웃었습니다.

"후후, 이상한 곡이구나. 좋아. 자, 연주해 볼게. 너는 작은 북을 칠 거야?" 고슈는 아기 너구리가 뭘 어떻게 할까 궁금해서 힐끔힐끔 그쪽을 살피며 연주를 시작했습니다.

그러자 아기 너구리는 북채를 들고 브리지 아래쪽을 박자를 맞춰 두들기기 시작했습니다. 너구리의 연주 실력이 꽤 괜찮아서, 고슈는 연주하는 동안 재미있다고 생각했습니다.

마지막까지 연주를 마치자 아기 너구리는 잠시 고개를 숙이고 생각에 잠겼습니다. 그러고 나서 간신히 생각난 듯 말했습니다.

"고슈 씨는 이 두 번째 줄을 켤 때는 이상하게도 늦어지는데. 왠지 내가 맞출 수 없는 걸."

고슈는 깜짝 놀랐습니다. 확실히 그 줄은 어젯밤부터 아무리 빨리 켜려고 해도 제대로 소리가 나지 않는다고 느끼고 있었던 것입니다.

"그래, 그럴지도 몰라. 이 첼로는 좋지 않거든." 하고 고슈는 슬픈 듯 말했습니다. 그러자 너구리는 고슈가 가엾다는 듯, 또 잠시 생각에 잠겨 있다가

"어디가 잘못된 걸까? 그럼 한 곡 더 연주해 주시겠어요?"

"그래 해볼게." 고슈는 연주를 시작했습니다. 아기 너구

리는 아까처럼 탕탕 두드리면서 가끔 머리를 숙여 첼로에 귀를 대보려는 것 같은 몸짓을 했습니다. 그리고 끝날 즈음에는 오늘밤도 역시 동쪽이 훤하니 밝아오고 있었습니다.

"아, 날이 밝는구나. 고맙습니다." 아기 너구리는 몹시 당황해 하면서 악보랑 나무막대를 등에 메고 고무테이프로 꽉 붙이고 인사를 두세 번 하고는 서둘러서 밖으로 나가 버렸습니다.

고슈는 멍하니 잠시 동안 어젯밤 깨진 창문으로 들어오는 바람을 맞고 있었지만 시내에 가기 전까지 자두려고 서둘러 잠자리에 들었습니다.

다음날 밤에도 고슈가 밤새도록 첼로를 켜다가 새벽녘쯤 피곤해서 악보를 든 채 꾸벅꾸벅 졸고 있었습니다. 그러자 또 누군가가 문을 통통 치는 것이었습니다.

그것도 마치 들릴 듯 말 듯 할 정도였지만 매일 밤 있는 일이라 고슈는 바로 듣고 "들어오세요." 하고 말했습니다. 그러자 문틈으로 들어온 것은 들쥐였습니다.

그리고 아주 작은 아기 들쥐를 데리고 쪼르륵 고슈 앞으로 걸어왔습니다. 게다가 아기 들쥐가 마치 지우개 정도 크기밖에 되지 않아서 고슈는 그만 웃어 버렸습니다. 그러자 들쥐는 무엇이 웃기느냐는 듯, 두리번거리며 덜 익은 생밤을 한 알 앞에 놓고 정중하게 인사를 하고는 말했습니다.

"선생님. 이 녀석이 몸이 좋지 않아 죽을 것 같습니다. 선생님 아무쪼록 자비를 베풀어 고쳐 주세요"

"내가 의사가 되다니 그럴 수 있나?" 고슈는 조금 퉁명스럽게 말했습니다. 그러자 엄마 들쥐는 아래를 내려다보며 잠시 말없이 있다가 또 불쑥 말했습니다.

"선생님 거짓말하지 마세요. 선생님은 날마다 그렇게 훌륭하게 모두의 병을 고치고 계시지 않습니까"

"무슨 말인지 모르겠네"

"하지만 선생님. 선생님 덕분에 토끼 할머니도 나았지요. 너구리 아버지도 나았죠. 그렇게 심술궂은 부엉이까지 나았는데 우리 애만 고쳐 주시지 못하겠다니 너무 몰인정해요."

"이것 봐, 그것은 뭔가 착각한 거야. 나는 부엉이의 병 같은 것 고쳐 준 적이 없으니까. 하긴 아기너구리는 어젯밤 찾아와서 악대 흉내를 내고 갔지만. 하하."

고슈는 기가 막혀 그 아기 들쥐를 내려다보고 웃었습니다. 그러자 엄마 들쥐는 울기 시작했습니다.

"아, 이 녀석 어차피 병이 들 거라면 더 빨리 걸렸으면 좋았을 텐데. 조금 전까지 그렇게 웅웅 울리고 계셨는데 이 녀석이 병이 나자 소리가 딱 멎어 버리다니. 그리고는 아무리 부탁하더라도 연주를 해 주지 않으시니 참 불쌍한 녀석이야."

고슈는 깜짝 놀라서 소리쳤습니다.

"뭐라고, 내가 첼로를 켜면 부엉이랑 토끼의 병이 낫는다고? 어찌 된 거야, 그것은?" 들쥐는 한 손으로 눈을 비비면서 말했습니다.

"네. 이 가까이에 사는 우리들은 병이 나면 모두 선생님 집 마루 밑에 들어가서 고쳐요."

"그러면 낫니?"

"네. 온몸의 피가 잘 돌게 되어 매우 기분이 좋아져 금방 낫는 분도 있고, 집에 돌아가면 낫는 분도 있어요."

"음 그렇구나. 내 첼로 소리가 웅웅 울리면 그것이 안마한 것처럼 되어 너희들 병이 낫는다는 말이지. 좋아. 알았어. 해 보자." 고슈는 잠시 끼익끼익 줄을 조이더니, 갑자기 첼로구멍으로 아기쥐를 집어넣었습니다.

"저도 같이 따라가겠어요. 어느 병원이나 늘 같이 가니까요."

엄마 들쥐는 미친 듯이 첼로로 뛰어들었습니다.

"너도 들어갈래?"

첼리스트는 엄마 들쥐를 첼로 구멍으로 들어가게 하려고 했지만, 머리가 반밖에 들어가지가 않았습니다.

들쥐는 버둥대며 소리쳤습니다.

"애야, 거긴 괜찮니? 떨어질 때 항상 가르쳐 준 대로 다리를 모으고 잘 떨어졌니?"

"괜찮아. 잘 떨어졌어요." 아기쥐는 마치 모기같이 작은 목소리로 첼로 바닥에서 대답했습니다.

"괜찮을 거야. 그러니 우는 소리 하지 말라니까."

고슈는 엄마 쥐를 바닥에 내려놓고, 활을 집어들고는 무슨 무슨 랩소디라는 것을 연주했습니다. 그러자 엄마 쥐는 자못 걱정이 되는 듯이 그 음악 소리가 어떤가 듣고 있더니, 더 이상 참을 수가 없었는지,

"이제 됐습니다. 제발 꺼내 주세요." 하고 말했습니다.

"뭐야. 이 정도면 되니?" 고슈는 첼로를 내려놓고 구멍에 손을 놓고 기다렸습니다. 잠시 후 아기 쥐가 나왔습니다. 고슈는 조용히 아기쥐를 바닥에 내려 주었습니다. 아기쥐는 눈을 감고 덜덜 떨고 있었습니다.

"어땠니? 괜찮아 기분은?"

아기 쥐는 전혀 대답도 하지 않고, 다시 얼마 동안 눈을 감고 덜덜 떨고 있었습니다만, 갑자기 벌떡 일어나 달려가기 시작했습니다.

"아아 좋아졌구나. 감사합니다. 감사합니다." 엄마 쥐도

함께 달려가다가, 잠시 후 고슈 앞에 와서 계속 머리를 조아리며

"감사합니다. 감사합니다." 하고 열 번 정도 말했습니다.

고슈는 왠지 가여워져서,

"얘들아, 너희들 빵은 먹니?" 하고 물었습니다. 그러자 들쥐는 깜짝 놀라며 두리번 두리번 주위를 둘러보더니,

"아니요, 빵이라는 것은 밀가루로 반죽을 만들거나 밀어서 솜처럼 부풀린 맛있는 것이라는데, 우리들은 고슈 님 댁 찬장 같은 곳에는 가 본 적이 없고, 하물며 이렇게까지 신세를 졌는데 어떻게 그것을 옮길 수 있겠습니까?" 하고 말했습니다.

"아니, 그런 얘기가 아니야. 그냥 먹느냐고 물은 거야. 그럼, 먹는 거지. 잠깐 기다려. 그 속이 안 좋은 아이한테 줄 테니까."

고슈는 첼로를 마루에 놓고 찬장에서 빵을 한 조각 떼어내어 들쥐 앞에 놓았습니다.

들쥐는 마치 얼이 빠진 것처럼 울다가 웃다가 절을 하다가, 소중하게 그것을 입에 물고는 아이를 앞세우고 밖으로 나갔습니다.

"아아하, 쥐와 이야기하는 것도 꽤 피곤한 일이군." 고슈

는 잠자리에 털썩 하고 쓰러져 쿨쿨 잠이 들어 버렸습니다.

그러고 나서 엿새째 되는 날 밤이었습니다. 금성음악단 사람들은 마을 공회당 홀 안쪽에 있는 대기실로 머리를 번쩍거리며 각자 악기를 가지고 줄줄이 홀 무대를 나왔습니다. 순조롭게 제6번 교향곡을 연주한 것입니다. 홀에서는 박수 소리가 아직도 폭풍처럼 울리고 있었습니다. 악장은 주머니에 손을 집어넣고 박수 같은 건 아무래도 상관없다는 듯이 어슬렁어슬렁 단원들 사이를 돌아다니며 걷고 있었지만, 사실은 너무나도 기뻐서 가슴이 터질 것 같았습니다. 단원들은 담배를 물고 성냥불을 켜기도 하고 악기를 케이스에 넣기도 하였습니다.

홀에서는 아직도 짝짝 손뼉이 울리고 있었습니다. 그 정도가 아니라 마침내 그 소리가 점점 커져서 왠지 무시무시한 것 같기도 하고 손쓸 수 없을 것 같기도 한 소리로 변했습니다.

커다란 하얀 리본을 가슴에 단 사회자가 들어왔습니다.

"앙코르를 원하고 있는데 아무거나 짧은 거라도 들려주시지 않겠습니까?"

그러자 악장이 정색을 하면서 대답을 했습니다. "안 됩니다. 이렇게 큰 연주 뒤에는 뭘 연주하더라도 만족스러워하지 않는 법입니다."

"그렇다면 악장님이 나오셔서 잠깐 인사라도 해 주십시오."

"안 됩니다. 이봐 고슈! 나가서 뭔가 연주하고 와."

"제가 말입니까?" 고슈는 아연실색하였습니다.

"자네 말이야, 자네!" 제1바이올린 주자가 번쩍 얼굴을 들고 말했습니다.

"자, 나갔다 와!" 악장이 말했습니다.

모두들 첼로를 억지로 고슈에게 들려서 문을 열고는 고슈를 무대로 확 밀어 버렸습니다. 고슈가 그 구멍이 뚫린 첼로를 들고 정말 난감해져서 무대로 나가자, 사람들은 그것 보라는 듯이 한층 더 크게 손뼉을 치고 있었습니다.

우와 하고 소리치는 사람도 있는 듯했습니다.

"어디까지 사람을 바보로 만드는 거야. 좋아! 두고보라구! '인도의 호랑이 사냥꾼'을 켜 줄 테니까." 고슈는 완전히 마음을 가라앉히고 무대 한복판으로 나갔습니다.

그리고 전에 고양이가 왔을 때처럼 마치 성난 코끼리 같은 기세로 호랑이 사냥꾼을 켰습니다. 그러자 청중은 쥐 죽은 듯이 열심히 듣고 있었습니다. 고슈는 계속해서 연주했습니다. 고양이가 마음 괴로워하며 탁탁 불꽃을 내던 곳도 지났습니다.

문에 몸을 몇 번이고 부딪히던 곳도 지났습니다.

곡이 끝나자 고슈는 이제 청중 쪽은 보지도 않고 바로 그 고양이처럼 재빨리 첼로를 들고 분장실로 도망치다시피 들어왔습니다. 그러자 분장실에서는 악장을 비롯해 동료들이 모두 화재라도 만나고 난 뒤처럼 멍하니 바라보며 꼼짝 않고 앉아 있었습니다.

고슈는 될 대로 되라고 생각하며 단원들 사이를 재빨리 걸어서 저쪽 의자에 털썩 몸을 던지고 다리를 꼬고 앉았습니다.

그러자 모두가 한꺼번에 머리를 돌려 고슈를 바라보았으나 역시 심각한 얼굴을 하고 별로 웃고 있는 것 같지도 않았습니다.

"오늘 저녁은 이상한 밤이군."

고슈는 생각했습니다. 그런데 악장은 서서 말했습니다.

"고슈 군, 잘했어. 그런 곡이지만 여기서는 모두 제법 진지하게 듣고 있었지. 일주일인가 열흘 만에 썩 나아졌군. 열흘 전과 비교하면 마치 어린애와 병사의 차이야. 하려고 마음먹으면 언제든지 할 수 있지 않은가, 자네." 동료들도 모두 일어나 다가와서

"잘 했어." 하고 고슈에게 말했습니다.

"아니야, 몸이 튼튼하니까 이런 일도 할 수 있지. 보통 사람이라면 견디어내지 못할 테니까." 악장이 저쪽에서 말했습니다.

그날 밤 늦게 고슈는 집에 돌아왔습니다. 그리고 또 물을 벌컥벌컥 마셨습니다. 그러고는 창을 열고 언젠가 뻐꾸기가 날아갔다고 생각되는 먼 하늘을 바라보며

"아아, 뻐꾸기야. 그때는 미안했어. 난 화난 게 아니었어."
하고 말했습니다.(1933년경)

노래하는 시계

니미 난키치(新美南吉)

 2월 어느 날, 들판의 호젓한 길을 열 두세 살쯤 되어 보이는 소년과 가죽가방을 낀 서른 네댓 살쯤 되는 남자가 같은 방향으로 가고 있었다.
 바람이 조금도 없는 따뜻한 날이라 이미 서리가 녹아 길은 질퍽거렸다.
 까마귀가 마른풀에 그림자를 드리우며 놀고 있다가 두 사람의 모습에 놀라 둑 저쪽으로 날아갔다. 검은 등이 햇빛을 받아 반짝였다.
 "꼬마야, 혼자 어디를 가는 거니?"
 남자가 소년에게 말을 걸었다.

소년은 주머니에 손을 질러 넣은 채로 두세 번 앞뒤로 흔들며 귀염성 있는 미소를 지었다.

"읍내에."

이 아이는 별나게 수줍어하거나 그다지 사람을 두려워 하지 않는 순진한 아이구나, 하고 남자는 생각한 듯했다.

그래서 두 사람은 이야기를 시작했다.

"꼬마야, 이름이 뭐냐?"

"렌이라고 해."

"렌? 렌페이냐?"

"아니."

하고 소년은 머리를 가로저었다.

"그러면, 렌이치니?"

"아니, 아저씨. 그냥 렌이라고 해."

"으응, 무슨 자 쓰니? 렌타이(聯隊)의 렌자니?"

"아니. 점을 찍고, 한 일자를 쓰고, 삐침 별자를 쓰고, 점 두 개를 찍고…"

"어려운데. 아저씨는 너무 어려운 글자는 모른단다."

그래서 소년은 땅에다 나뭇가지로 '廉'이라고 크게 써서 보여 주었다.

"으응, 어려운 글자구나, 역시."

두 사람은 다시 걷기 시작했다.

"이거, 아저씨, 세이렌겟바쿠(청렴결백)의 렌(廉)자야."

"뭔데? 그 청렴결백이라는 게."

"청렴결백이라는 건 아무것도 나쁜 일을 하지 않아서 하느님 앞에 나가도, 순사에게 붙잡혀 가도 걱정 없다는 뜻이야."

"으응? 순사에게 붙잡혀 가도?"

"아저씨, 렌타이(聯隊)에 갔었어?"

"응, 오래 전에 갔었지."

"소집 안 와?"

"아아, 다른 데 갔다 왔거든."

"어디?"

"렌타이 같은 데란다"

그렇게 말하고 남자는 빙긋이 웃었다.

"아저씨 코트 주머니 크네."

"응, 그야 어른 코트는 크니까 주머니도 크지."

"따뜻해?"

"주머니 속 말이니? 그야 따뜻하지, 훈훈하지, 난로라도 들어 있는 것 같단다."

"저, 내 손 넣어도 돼?"

"별 말을 다하는 꼬마인데…"

남자는 웃음을 터뜨렸다. 이런 아이도 있구나. 친해지면 상대방 몸을 만진다든가 주머니에 손을 집어넣지 않고는 안 되는 별난 붙임성 있는 아이가.

"넣어도 돼."

소년은 남자의 외투 주머니에 손을 넣었다.

"뭐야, 조금도 따뜻하지 않잖아."

"허허, 그래?"

"우리 선생님 주머니는 훨씬 따뜻해. 아침에 학교 갈 때, 우리들은 교대로 선생님 주머니에 손을 넣고 가. 기야마(木山) 선생님이야."

"그러니?"

"아저씨 주머니에 뭔가 딱딱하고 찬 것이 들어 있네. 이게 뭐야?"

"뭐라고 생각하니?"

"쇠로 만들어졌네, 크고, 나사 같은 게 붙어 있네."

그러자 갑자기 남자의 주머니에서 아름다운 음악이 흘러나와 두 사람은 깜짝 놀랐다. 남자는 당황해서 주머니를 눌렀다. 하지만 음악은 그치지 않았다. 그래서 남자는 주위를 둘러보고 소년말고 아무도 없는 것을 알고 나서는 안심하는 모습이었다. 천국에서 작은 새가 부르고 있는 듯한 아름다운 음악이 그치지 않고 흘러나왔다.

"아저씨, 알았어. 이거 시계 아니야?"

"응, 오르골이라고 하는 거야. 네가 나사를 건드렸기 때문에 음악이 흘러나온 거지."

"나, 그 음악, 정말 좋아해."

"그러니? 너도 이 음악 알고 있니?"

"응, 아저씨, 이거 주머니에서 꺼내도 돼?"

"꺼내지 않아도 되는데."

그러자 음악이 멈춰 버렸다.

"아저씨, 다시 눌러봐도 돼?"

"응. 다른 사람이 듣진 않겠지."

"왜 아저씬 그렇게 두리번거려?"

"왜냐하면 누군가 듣고 있다면 이상하게 생각하지 않겠니? 어른이 이런 애들 장난감 갖고 소리를 내는 것을 보면…."

"그렇구나…."

이때 다시 남자의 주머니에서 음악이 흘러나왔다.

두 사람은 한참 그 음악을 들으면서 아무 말 없이 걸었다.

"아저씨, 이런 거 항상 갖고 다녀?"

"응. 이상하니?"

"이상해."

"왜?"

"내가 자주 놀러가는 약국 아저씨 집에도 노래하는 시계가 있는데. 소중하게 여겨서 가게 진열대 안에 넣어 두었거든."

"뭐야, 꼬마 너. 그 약국에 자주 놀러 가냐?"

"응, 자주 가. 우리 친척이거든. 아저씨도 아는 집이야?"

"응… 그저, 아저씨도 좀 알고 있어."

"약국 아저씨는 노래하는 시계를 굉장히 아끼고 있어. 우리 같은 아이들은 손도 못 대게 해. 앗, 또 소리가 멎었네. 한 번 더 울려봐도 돼?"

"끝이 없구나."

"딱 한 번만, 응? 아저씨, 괜찮지? 응, 응? 아, 또 소리가 나기 시작하네."

"이놈, 자기가 울려 놓고서는 그런 소리를 해? 능청스러운 녀석."

"난 몰라. 손이 살짝 닿으니까 울리기 시작하네."

"또 그런 소리를 해? 그런데 너는 그 약국에 자주 가니?"

"응, 바로 이웃이니까 자주 가는 거지. 나, 그 아저씨랑 친하거든. 아저씨는 러일전쟁의 용사야. 왼쪽 팔에 총알 자국이 있어."

"그래,"

"그런데 러일전쟁 이야기는 좀처럼 들려주지 않아. 러시아가 말이지. 기관총을 쏘았대."

"그러냐?"

"아저씨는 한 번은 죽었었대. 그리고 정신을 차려 보니 러시아 군대 한가운데 있었다고 해. 그리고 정신없이 도망쳤대."

"그래,"

"하지만 그런 이야기는 좀처럼 들려주지 않아. 노래하는 시계는 전쟁에서 이기고 돌아올 때 오사카에서 사온 거래."

"그래,"

"하지만 노래하는 시계를 좀처럼 울려주지 않아. 노래 소리가 울리면 아저씨는 어쩐지 슬픈 얼굴을 하거든"

"왜?"

"아저씨는 노래 소리를 들으면, 왠지 슈사쿠(周作) 아저씨가 생각난대."

"에…. 그래,"

"슈사쿠는 약국아저씨의 아들이야. 불량소년이어서 학교를 졸업하고는 어딘가 가 버렸대. 벌써 오래 전 일이야."

"그 약국 아저씨는 슈사쿠인가 하는 그 아들에 대해서 뭐라고 말해?"

"바보 같은 녀석이래."

"그래. 그렇군. 바보지. 그런 녀석은. 어! 벌써 노래하는 시계가 멈췄군. 꼬마야! 한 번 더 울려도 괜찮아."

"정말? 아! 참 좋은 소리야. 내 동생 아키코가 노래하는 시계를 아주 좋아했어. 죽기 전에 또 한 번 그것을 들려달라고 울고 보챘지. 약국 아저씨한테 빌려와서 들려주었어."

"…. 죽었어?"

"응, 재작년 축제 전에. 저기 덤불 할아버지 무덤 옆에 있어. 강가에서 아버지가 이만한 크기의 둥근 돌을 주워서 세워놨거든. 그것이 아키코의 무덤이야. 아직 어린애니까. 그래서 제삿날이면 내가 다시 약국 아저씨한테서 소리나는 시계를 빌려와 덤불 속에서 아키코에게 들려줘. 덤불 속에서 틀면 뭔가 처량한 느낌이 들어."

"음…."

두 사람은 커다란 연못가에 이르렀다. 건너편 연못가 근처에 까만 물새가 두세 마리 떠 있는 것이 보였다. 그것을 보자 소년은 남자의 주머니에서 손을 빼고 두 손을 모으면서 노래를 불렀다.

"물새야,

 물새야,

 떡 줄게

 먹어 먹어라."

소년의 노래를 듣자 남자가 말했다.

"지금도, 그 노래를 부르니?"

"응. 아저씨도 알아?"

"아저씨도, 어렸을 때, 그렇게, 아기 물새를 놀리곤 했지."

"아저씨도 어렸을 때, 이 길을 자주 다녔어?"

"응, 읍내 고등과에 다녔지."

"아저씨, 다시 돌아올 거야?"

"글쎄… 잘 모르겠구나."

두 갈래길이 나타났다.

"넌 어느쪽으로 가니?"

"이쪽."

"그러니? 그럼, 잘 가거라."

"안녕."

소년은 혼자가 되자 주머니에 손을 넣고 깡충깡충 뛰어갔다.

"꼬마야. 잠깐 기다려."

멀리서 남자가 불렀다. 소년은 걸음을 멈추고 무슨 일이냐는 듯이 멀건히 그 쪽을 바라보다가 남자가 자꾸 손짓을 하고 있으니까 다시 그 쪽으로 되돌아갔다.

"잠깐만, 꼬마야."

남자는 소년이 가까이 오자, 조금 쑥스럽다는 듯한 얼굴로 말했다.

"실은 말이지, 꼬마야. 아저씨는 어젯밤에 그 약국집에서 잤어 그런데 오늘 아침 너무 서둘러 집을 나서는 바람에, 실수로 약국집 시계를 잘못 가지고 나왔단다."

"……"

"꼬마야. 미안하지만 이 시계와 그리고 이것도 (외투 안주머니에서 작은 회중시계를 꺼내면서) 잘못 가져왔으니까 약국에 되돌려주지 않겠니? 응? 괜찮겠지?"

"응."

소년은 노래하는 시계와 회중시계를 두 손으로 받아들었다.

"그럼, 약국 아저씨께 잘 말해 줘. 잘 가."

"안녕."

"네 이름이 뭐였지?"

"세이렌겟바쿠(淸廉潔白)의 렌(廉)이야."

"그래. 넌 청렴… 뭐라고?"

"결백."

"그래. 결백. 그래야지. 그런 훌륭하고 정직한 어른이 되라. 그럼 이번엔 정말로 잘 가"

"아저씨도 안녕."

소년은 양손에 시계를 든 채 사내가 멀어져 가는 것을 바라보고 있었다. 남자는 점점 작아지더니 이윽고 낟가리 저편으로 사라져 버렸다. 소년은 타박타박 걷기 시작했다. 걸으면서 왠지 석연치 않은 구석이 있다는 듯이 고개를 갸웃거렸다.

잠시 후 소년 뒤에서 자전거가 한 대 뒤쫓아왔다.

"어! 약방 아저씨!"

"으응, 렌! 너로구나."

목도리로 턱을 휘감은 노인이 자전거에서 내렸다. 그리고 잠시 동안 기침 때문에 아무 말도 할 수 없었다. 그 기침은 겨울 밤 마른 나뭇가지 사이를 스치는 바람 소리처럼 휘익 휘익 지나갔다.

"렌, 너 마을에서 여기까지 온 거니?"

"응."

"그럼, 조금 전 어떤 남자가 마을에서 나오는 것을 보지 않았니?"

"만났어."

"아니! 그, 그 시계, 네가 왜…."

노인은 소년이 손에 들고 있는 노래하는 시계와 회중시계를 보고 말했다.

"그 사람이… 아저씨 집에서 잘못 가져왔다고 돌려주라고 하던 걸."

"돌려주라고 했다고?"

"응."

"그래…그 바보놈이…."

"어? 누군데? 아저씨."

"그놈 말이지…."

그렇게 말하고 노인은 또다시 한참 기침을 했다.

"그놈이 우리 슈사쿠야."

"응? 정말?"

"어제 십여 년 만에 집에 돌아왔단다. 오랫동안 나쁜 짓만 했지만 이번에는 마음을 고쳐먹고 성실하게 읍내 공장에서 일하기로 했다길래 하룻밤 재워 주었지. 그랬더니 오늘 아침에 나도 모르는 사이에 그 못된 손버릇으로 그 시계 두 개를 슬쩍 훔쳐 가지고 도망을 간 거야. 그 후레자식이."

"아저씨, 그렇지만, 잘못 알고 가져왔다고 했다니까. 정말 가지고 갈 생각이 아니었다니까. 나한테 인간은 청렴결백하지 않으면 안 된다고 말했는걸."

"그래… 그런 말을 하고 갔어?"

소년은 노인에게 두 개의 시계를 건넸다. 받을 때 노인의 손이 떨려서 노래하는 시계의 태엽을 건드렸다. 그러자 시계는 또다시 아름답게 노래하기 시작했다.

노인과 소년 그리고 세워놓은 자전거가 풀이 시들어 버린 넓은 들판 위에 그림자를 드리운 채 한참 동안 아름다운 음악에 귀를 기울였다. 노인의 눈에는 눈물이 글썽거렸다.

소년은 노인에게서 눈을 돌려 그 남자가 사라져 간 먼 날가리 쪽을 바라보고 있었다.

들녘 저 멀리 흰 구름이 하나 떠 있었다.(1942년)

소를 맨 동백나무

니미 난키치(新美南吉)

1

산속 길가에 어린 동백나무가 있었습니다. 소몰이꾼 리스케(利助)는 그곳에 소를 매었습니다.

인력거꾼 가이조(海藏)도 동백나무 밑둥에 인력거를 세웠습니다. 인력거는 소가 아니어서 매어 두지 않아도 되었습니다.

그리고 리스케와 가이조는 물을 마시러 산속으로 들어갔습니다. 길에서 한참 산속으로 헤치고 들어간 곳에 맑고 시원한 샘물이 언제나 솟고 있었던 것입니다.

두 사람은 교대로 샘 가장자리에 나 있는 양치식물이나 고사리 위에 양손을 짚고 엎드려서 시원한 물 냄새를 맡으며 사슴처럼 물을 마셨습니다. 뱃속에서 꼬르륵 꼬르륵 소리가 나도록 마셨습니다.

산속에서는 벌써 매미가 울고 있었습니다.

"아아, 매미가 벌써 울기 시작하네. 저 소릴 들으면 더워지지."

하고 가이조가 삿갓을 쓰며 말했습니다.

"앞으로 또 이 샘물을 오갈 적마다 마시게 되겠지."

하고 리스케는 물을 마시고 흐르는 땀을 수건으로 닦으며 말했습니다.

"좀더 길에서 가까우면 좋겠어."

하고 가이조가 말했습니다.

"그러게 말이야."

하고 리스케가 대답했습니다. 이 물을 마신 다음에는 누구나 그런 말을 서로 인사말처럼 나누는 것이 보통이었습니다.

두 사람이 동백나무가 있는 곳에 돌아와 보니 자전거를 멈추고 한 남자가 서 있었습니다. 자전거가 일본에 막 들어온 시기여서 시골에서는 자전거를 가지고 있는 사람은 부자임에 틀림없었습니다.

"누구일까?"

하고 리스케가 겁에 질린 듯 말했습니다.

"구청장일지도 몰라."

하고 가이조는 말했습니다. 옆에 가서 보니, 그것은 읍내에 사는 나이가 지긋한 이 부근 땅의 지주였습니다. 그리고 그 양반은 매우 화가 나 있었습니다.

"어이, 어이! 이 소는 누구 소야?"

하고 그 지주 노인은 두 사람을 보고 호통을 쳤습니다. 그 소는 리스케의 소였습니다.

"제 소인데요."

"자네 소야? 이걸 봐. 동백나무 잎을 모두 먹어 버려서 까까머리가 되어 버렸잖어."

두 사람이 소를 매놓은 동백나무를 보자 그것은 지주가 말한 대로였습니다. 여린 동백나무의 잎은 모두 사라지고 동백나무는 초라한 지팡이처럼 서 있을 뿐이었습니다.

리스케는 아차 싶어서 얼굴이 새빨개지면서 얼른 나무에서 끈을 풀었습니다. 그리고 미안하다는 변명삼아 소의 목덜미를 세게 때렸습니다.

하지만 그 정도로는 지주 노인은 이 용서해 주지 않았습니다. 그는 어른인 리스케를 마치 어린애 꾸짖듯이 호되게

나무랐습니다. 그리고 자전거의 안장을 탕탕 치면서 이렇게 말했습니다.

"어쨌든, 어떻게 해서라도 원래대로 잎을 붙여 놔."

이것은 무리한 일이었습니다. 그래서 인력거꾼 가이조도 삿갓을 벗고, 리스케를 위해 사과를 했습니다.

"저, 한 번만 용서해 주세요. 리스케도 설마 소가 동백나무를 먹어 버리라고는 생각 못하고 매어둔 것이니까요."

그래서 겨우 지주 노인은 화가 누그러졌습니다. 하지만 너무 화를 내서 몸이 떨리는지 자전거를 제대로 타지 못했습니다. 자전거를 타려다가 두세 번이나 미끄러지고 나서야 겨우 타고 가 버렸습니다.

리스케와 가이조는 마을 쪽으로 걷기 시작했습니다. 하지만 더 이상 말이 없었습니다. 어른이 어른에게 꾸중을 듣는 것은 참 기가 막힌 일일거야 하고 인력거꾼 가이조는 리스케의 맘을 헤아려 주었습니다.

"조금만 저 샘물이 길가 가까이 있었으면 좋으련만."

하고 겨우 가이조가 말했습니다.

"그러게 말이야."

하고 리스케가 대답했습니다.

2

 가이조가 인력거꾼 휴게소에 가 보니, 우물 파는 신고로(新五郎)가 있었습니다. 인력거꾼 휴게소라고는 하지만, 마을 길가에 있는 막과자 가게였습니다. 그곳에서 우물 파는 신고로는 튀긴 과자를 씹어 먹으며 큰 소리로 밑도 끝도 없이 떠들고 있었습니다. 우물 바닥에서 밖에 있는 사람을 향해 이야기를 하다 보니 신고로의 목소리가 커져 버렸습니다.
 "신고로, 우물을 파려면 도대체 어느 정도나 들지?"
 가이조는 자기도 막과자 상자에서 튀긴 과자를 하나 꺼내 먹으며 물었습니다.
 신고로는 일꾼이 얼마, 우물 벽을 둘러싸는 토관이 얼마, 토관 틈을 메우는 시멘트가 얼마라고 자세히 설명하고는
 "일단 보통 우물이라면, 3십 엔 정도 있으면 팔 수 있지"
라고 했습니다.
 "호오, 3십 엔이라,"
하면서 가이조는 눈이 둥그레졌습니다. 그리고 잠시 튀긴 과자를 아작아작 먹다가
 "새밭터 아래쪽을 파면 물이 나올까?"
하고 물었습니다. 그곳은 리스케가 소를 매었던 동백나무 근

처였습니다.

"음, 거기라면 나오겠지. 앞산에서 샘물이 솟을 정도니까, 그 아래라면 물이 나오기는 할 텐데, 그런 데다 우물을 파서 뭘 하려고?"

하고 신고로가 물었습니다.

"응, 그럴 일이 좀 있어."

가이조는 그렇게만 대답할 뿐, 그 이유를 말하지는 않았습니다.

가이조는 빈 인력거를 끌고 집으로 돌아가면서,

"3십 엔이라. …3십 엔이라 이거지."

하고 몇 번이고 중얼거리는 것이었습니다.

가이조는 덤불숲을 등진 작은 초가에서 나이 드신 어머니와 단둘이 살고 있었습니다. 두 사람은 농사를 짓고 한가할 때에는 가이조가 인력거를 끌러 나갑니다.

저녁 때쯤에 두 사람은 그날에 있었던 일을 서로 주고받는 것이 즐거움이었습니다. 연세가 드신 어머님은 이웃집 닭이 오늘 처음으로 알을 낳았는데 그건 아주 작았다는 둥, 뒷마당의 가시나무에 벌이 집을 지을 작정인지, 어제도 오늘도 상태를 보러 왔는데 저런 곳에 벌집을 짓게 되면 장을 담아 놓은 곳에 장을 뜨러 갈 때 여간 애먹는 게 아니라는 둥, 이런 저런 이야기를 했습니다.

가이조는 리스케가 물을 먹으러 간 사이 리스케의 소가 동백나무잎을 먹어 버린 일을 이야기를 하면서

"저 길가에 우물이 있다면 좋을 텐데." 하고 말했습니다.

"그래 길가에 우물이 있다면 모두에게 도움이 될 텐데." 하고 말하며 어머니는 아주 더울 때 그 길을 지나가는 사람들을 하나하나 세었습니다. 오노(大野) 마을에서 차를 끌고오는 기름장수, 한다(半田) 마을에서 오노마을로 가는 배달부, 우리 동네에서 한다 마을로 가는 담뱃대집 도미, 그 밖에 많은 짐마차 끄는 사람, 소달구지를 끄는 사람, 인력거를 끄는 사람, 수행자, 걸인, 학생 등 모두 세었습니다. 이들의 목이 마침 새밭터 근처에 오면 마르게 마련이었습니다.

"길가에 우물이 있다면 모두에게 얼마나 많은 도움이 될까." 하고 어머님은 말을 맺었습니다.

3십 엔 정도로 우물을 팔 수 있다고 가이조가 말했습니다.

"우리같이 가난한 사람에겐 3십 엔이라고 하면 큰 돈으로 눈이 휘둥그레지지만, 리스케 정도의 벼락부자라면 3십 엔 정도는 아무것도 아닐 텐데." 하고 어머니는 말했습니다. 가이조는 일전에 리스케가 목재로 대단한 돈을 벌었던 일을 생각해 냈습니다.

한바탕 목욕을 하고 나서 가이조는 소달구지를 끄는 리스케의 집으로 나섰습니다.

뒷산에서 부엉 부엉하고 부엉이가 울고 있고 언덕 위 니자에몬(仁左ㅗ門) 집에서는 염불모임이 있는지 장지문으로 빛이 새어나오고, 목탁 소리가 언덕 아래 길가까지 흘러나오고 있었습니다. 벌써 한밤이었습니다. 리스케집에 도착하니 일밖에 모르는 리스케는 아직 외양간 속 어두운 곳에서 부시럭거리며 무슨 일을 하고 있었습니다.

"대단한 열성이야." 하고 가이조가 말했습니다.

"그렇지 뭐. 그 후에 한다까지 두 번 다녀와서, 좀 늦어졌다네."

소 배 아래에서 리스케가 나오며 말했습니다.

두 사람은 툇마루 끝에 앉았습니다. 가이조는

"이보게. 오늘 새밭터 말인데,"

하고 말을 꺼냈습니다.

"그 길가에 우물을 하나 파면 모두에게 도움이 될 거라고 생각하는데."

하고 가이조가 은근히 말을 비쳤습니다.

"그야 도움이 되겠지."

하고 리스케가 대답을 했습니다.

"소가 동백꽃잎을 먹어치울 때까지 몰랐던 것은, 옹달샘이 길가에서 너무 멀기 때문이야."

"그건 그래."

"3십 엔 있으면, 거기에 우물 하나 팔 수 있는데."

"허어, 3십 엔이라."

"아아, 3십 엔만 있으면 되는데."

"3십 엔만 있으면 돼."

이렇게 말하면서도 리스케가 전혀 이쪽 마음을 알아주지 않자, 가이조는 분명하게 말해 보았습니다.

"리스케, 그거, 좀 내지 않겠나? 듣자 하니, 자네, 산림일로 꽤 벌었다고 하던데."

그때까지 기분 좋게 말을 주고받던 리스케는 갑자기 입을 다물어 버렸습니다. 그리고 자기 뺨을 꼬집고 있었습니다.

"어때, 리스케?"

가이조는 잠시 후 재촉하듯 물었습니다.

그래도 리스케는 바위처럼 묵묵히 있었습니다. 아무래도 이런 이야기는 리스케에게 재미없는 것 같았습니다.

"3십 엔이면 되는데."

다시 한 번 가이조가 말했습니다.

"그 3십 엔을 왜 내가 내야 해? 나만 그 물을 마신다면 모를까, 다른 사람들도 모두 마실 우물 때문에 왜 내가 돈을 내야 하는지, 그 점이 내게는 잘 이해가 되질 않네."

하고 마침내 리스케가 말했습니다.

가이조는 사람들을 위해서라고 이런저런 설명을 했지만, 리스케는 아무리 해도 납득하려고 하지 않았습니다. 결국 리스케는 더 이상 이런 이야기는 듣기 싫다는 듯이

"어머니! 밥 차려 주세요! 나 배고파요!"

하고 집안에 대고 소리쳤습니다.

가이조는 일어섰습니다. 리스케가 밤늦게까지 부지런히 일하는 것은 그 자신만을 위해서라는 것을 잘 알았습니다.

혼자서 밤길을 걸어가면서 가이조는 생각했습니다. "그래, 남한테 의지해서는 안 돼. 내 힘으로 해야지…."

3

나그네들과 마을로 가는 사람들은 새밭터 아래에 있는 동백나무에 새전함 같은 것이 걸려 있는 것을 보았습니다. 거기에는 팻말이 붙어 있었고 이렇게 씌어 있었습니다.

"여기에 우물을 파서 지나가는 사람들이 마실 수 있도록

하려고 합니다. 뜻이 있는 분은 1전(一錢)이라도, 5리(五厘)라도 희사해 주십시오"

이것은 가이조가 한 일이었습니다. 그 증거로, 그로부터 오륙 일 후, 가이조는 동백나무 건너편 벼랑 위에 엎드린 채, 금작지(金雀枝) 나무 아래서 머리만 내밀고 사람들이 돈을 내는 모습을 보고 있었습니다.

이윽고 할머니 한 사람이 한다 마을 쪽에서 유모차를 밀면서 왔습니다. 꽃을 팔다가 돌아가는 길이였겠죠. 할머니는 상자에 눈길을 멈추고 잠시 팻말을 쳐다보고 있었습니다. 하지만 할머니는 글을 읽은 것이 아니었습니다. 왜냐하면 이렇게 혼자 중얼거렸기 때문입니다.

"지장보살님도 아무것도 없는데 왜 이런 곳에 불전함이 있는 걸까?" 그리고 할머니는 지나가 버렸습니다.

가이조는 오른손에 올려놓고 있었던 턱을 왼손으로 옮겼습니다.

이번에는 마을에서 옷자락을 걷어 부친 안짱다리 할아버지가 왔습니다.

"쇼헤이(庄平)네 할아버지다. 저 할아버지는 옛날 사람이지만 분명히 글을 읽을 수 있을 거야."

하고 가이조는 중얼거렸습니다.

할아버지는 상자에 눈길을 멈추었습니다. 그리고 "이게 뭐야" 하며 허리를 펴고 팻말을 읽기 시작했습니다. 읽고 나자 "그럼, 으응, 그렇지." 하고 깊이 감탄했습니다. 그리고 호주머니 속을 뒤적뒤적하므로 아, 희사하려나 보다 하고 생각했더니, 꺼낸 것은 낡은 담배갑이었습니다. 할아버지는 동백나무 밑둥에서 한 대 피우고는 가 버렸습니다.

가이조는 일어나서 동백나무 쪽으로 미끄러져 내려왔습니다. 상자를 들고 흔들어 보았습니다. 아무 느낌도 없었습니다.

가이조는 실망한 나머지 한숨을 내쉬었습니다.

"결국 사람은 의지할 게 못 된다는 걸 알았어. 이제 이렇게 되면 나 혼자 힘으로 해내는 거야."

하고 말하며 가이조는 새밭터를 넘어갔습니다.

4

다음날 오노(大野) 거리에 손님을 보내고 온 가이조가 마을의 찻집에 들어갔습니다. 그곳은 마을 인력거꾼들이 한 차례 일을 하고 돌아오면 다음 손님을 기다리면서 쉬는 장소였습니다. 그날도 가이조보다 먼저 인력거꾼 세 명이 찻집 안에서 쉬고 있었습니다.

찻집에 들어온 가이조는 그전처럼 막과자 상자가 놓인 진열대 뒤에 누워 뒹굴다가 무심코 유과를 하나 집었습니다. 인력거꾼들은 손님을 기다리는 동안 할 일이 없어서 곧잘 막과자 상자 뚜껑을 열고 유과나 주먹과자나 알사탕이나 구운 오징어나 단팥경단 등을 집는 것이 버릇이 되어 있었습니다. 가이조도 마찬가지였습니다.

그러나 가이조는 집었던 유과를 다시 상자에 넣었습니다.

보고 있던 동료 미나모토(源)가

"왜 그래, 가이조. 그 유과에 쥐가 오줌이라도 쌌나?"

하고 말했습니다.

가이조는 얼굴을 붉히며

"으응, 그런 건 아니지만, 오늘은 별로 먹고 싶지 않아서."

하고 대답했습니다.

"허허, 별로 안색도 나쁜 것 같지 않은데, 어디 아픈가?"

하고 미나모토가 말했습니다.

잠시 후 미나모토는 유리 단지에서 별사탕을 한줌 꺼내서 그중에 하나를 휙하고 위로 던졌다가 입으로 덥석 받아먹었습니다. 그리고

"어때, 가이조. 이거 안해?"

하고 말했습니다. 가이조는 어제까지는 미나모토와 자주 이렇게 했었습니다. 두 사람은 경쟁을 해서 떨어뜨린 수가 적은 사람이 상대방에게 다른 과자를 사게 하기도 했던 것입니다. 그리고 가이조는 이 놀이에서는 다른 어떤 인력거꾼에도 지지 않았습니다.

하지만 오늘은 가이조가 말했습니다.

"아침부터 어금니가 쑤셔서 단 것은 먹을 수 없어"

"그래? 그럼 요시(由), 할까?"

하면서 미나모토는 요시와 과자던지기를 하기 시작했습니다.

두 사람은 색색의 별사탕을 천정을 향해서 던지고는 그것을 입으로 받아 먹으려고 했습니다. 어떤 것은 제대로 입에 들어가고, 어떤 것은 코에 맞는다든지, 재털이 속에 떨어졌습니다.

가이조는 자기가 하면 하나도 떨어뜨리지 않을 텐데 하고 생각하면서 보고 있었습니다. 미나모토와 요시가 많이 떨어뜨리자, "어디, 내가 한 번 해 볼까?" 하고 말하고 싶어졌지만, 그것을 꾹 참고 있었습니다. 그것은 굉장히 힘든 일이었습니다.

빨리 손님이 오면 좋을 텐데 하고 가이조는 눈을 가늘게 뜨고 훤한 길 쪽을 바라보고 있었습니다. 하지만 손님보다 먼저 찻집 주인이 막 구운 뜨끈뜨끈한 큰 단팥빵을 만들어서 내왔습니다.

인력거꾼들은 매우 좋아하면서 하나씩 집었습니다. 가이조도 참다못해 손이 조금 움찔거렸지만 간신히 누를 수 있었습니다.

"가이조, 어쩐 일이야? 한 푼도 쓰지 않고, 다 모아서 큰 창고라도 지으려고 하는 거야?" 하고 미나모토는 말했습니다.

가이조는 쓸쓸하게 웃으면서 밖으로 나갔습니다. 그리고 개울가에서 금방동산이풀을 꺾어서 개구리 낚시를 했습니다.

가이조의 마음속에는 주먹을 쥐고 다짐한 굳은 결심이 있었던 것입니다. 지금까지 과자에 쓰던 돈을 이제부터는 쓰지 않고 모아서 새밭터 아래에 사람들을 위해 우물을 파야겠다는 생각이었습니다.

가이조는 배가 아픈 것도 이가 아픈 것도 아니었습니다. 과자가 군침이 돌 정도로 먹고 싶었습니다. 하지만 우물을 파기 위해서 지금까지의 습관을 고친 것이었습니다.

5

그로부터 2년이 지났습니다.

소가 잎사귀를 뜯어 먹었던 동백나무에도 꽃이 서너 송이 피어날 무렵, 가이조는 한다 마을에 살고 있는 지주네 집에 찾아갔습니다.

가이조는 벌써 두 달 전부터 자주 이 집에 찾아왔습니다. 우물 파는 데 쓸 돈은 거의 모았지만, 정작 지주가 우물 파는 일을 허락해 주지 않아서 몇 번이나 부탁하러 왔던 것입니다. 그 지주는 바로, 소를 동백나무에 묶어 놓은 리스케에게 호되게 꾸지람을 했던 그 노인이었습니다.

가이조가 문에 들어서자, 집 안에서 심한 딸꾹질 소리가 들려왔습니다.

물어보니, 그저께부터 지주 노인은 딸꾹질이 멎지 않아 몸이 아주 쇠약해져 자리에 앓아누워 있다는 것이었습니다. 그래서 가이조는 병문안을 하려고 베갯머리까지 다가갔습니다.

노인은 이불을 들썩이며 딸꾹질을 하고 있었습니다. 그리고 가이조의 얼굴을 보자

"안 돼. 몇 번이고 자네가 부탁하러 와도 나는 우물을 파게 허락할 수 없어. 딸꾹질이 하루 더 계속되면 난 죽는다고

하지만, 죽어도 그것은 허락 못해."
하고 완강하게 말했습니다.

가이조는 이런 죽어가는 사람과 싸워도 소용이 없을 거라 생각하고, 딸꾹질을 멈추려면 밥공기에 젓가락을 하나 얹어 놓고 단숨에 물을 마셔 버리는 방법이 있다고 가르쳐 주었습니다.

문을 나서려 하자, 노인의 아들이 가이조를 뒤쫓아와서

"우리 아버지는 완고해서 도리가 없어요. 머지않아 내 대(代)가 될 테니까, 그때가 되면 내가 우물 파는 일을 허락해 드릴게요."
라고 했습니다.

가이조는 기뻤습니다. 저 상태라면 이젠 저 노인은 앞으로 이삼 일 지나면 죽을 게 뻔하다. 그러면 저 노인의 자식이 뒤를 이어 우물을 파게 해 줄 것이다. 그럼 됐지 하고 생각했습니다. 그날 밤 저녁식사 때쯤 가이조는 연세가 드신 어머니에게 이렇게 이야기했습니다.

"그 완고한 노인네가 죽으면 아들이 우물을 파게 해 주겠다고 하던데. 그런데 그건 이삼일이면 죽을 테니까 된다는 거야."

그렇게 말하자 어머니가 말했습니다.

"너는 자기 일에만 골똘해서 못된 생각을 하는구나. 사람이 죽기를 고대하는 것은 나쁜 것이거든."

가이조는 가슴이 덜컥 내려앉는 기분이 들었습니다. 어머니의 말씀대로였습니다.

다음날 아침 일찍 가이조는 다시 지주의 집으로 향했습니다. 집안으로 들어서자 어제보다 더 힘없이 경련을 일으키는 듯한 딸꾹질 소리가 들려왔습니다. 지주의 병세가 상당히 깊어졌음을 알았습니다.

"또 오셨군요. 부친은 아직 살아 있는데." 하고 안에서 나온 아들이 말했습니다.

"아니 나는 부친이 살아 계실 때 꼭 뵙고 싶어서요." 하고 가이조가 말했습니다.

노인은 병세가 완연한 가운데 잠들어 있었습니다. 가이조는 노인의 머리맡에 가서 두 손을 잡고

"사죄하러 왔습니다. 어제 저는 여기에서 돌아갈 때 아드님으로부터 당신이 세상을 떠나면 우물을 파게 해줄 거라는 말을 듣고 마음이 강퍅해졌습니다. 이제 노인께서 세상을 떠나시니 됐구나 하고 무서운 생각을 아무렇지도 않게 하고 있었습니다. 결국 저는 제 생각만 하고 당신의 죽음을 몹시 기다리는 악마 같은 사람이 되었습니다. 그래서 사죄하러 왔

습니다. 우물 일은 이젠 부탁하지 않겠습니다. 또 어딘가 다른 곳을 찾도록 하겠습니다. 그러니까 아무쪼록 죽지 마세요." 하고 말했습니다.

노인은 말없이 듣고 있었습니다. 그리고 오랫동안 말없이 가이조의 얼굴을 쳐다보고 있었습니다.

"자네는 참 훌륭한 사람이야."

하고 노인은 마침내 입을 열고 말했습니다.

"자네는 마음이 착한 사람이야. 나는 일생 동안 자기 욕심뿐이었고, 다른 사람 일 따위는 조금도 생각하지 않고 살아 왔지만, 지금 처음으로 자네의 훌륭한 마음에 감동을 받았네. 자네 같은 사람은 요즘 시대에 드물어. 그럼 거기에 우물을 파게 해 주겠네. 마음대로 우물을 파게나. 만약 우물을 파서 물이 안 나오면 아무데나 자네가 원하는 곳에 우물을 파게 해 주지. 거긴 전부 내 땅이니까. 음, 그리고 우물 파는 비용이 모자라면 얼마든지 내가 내 주겠어. 나는 내일이라도 죽을지 모르니, 이 일을 유언으로 남겨 두겠네."

가이조는 생각지도 못한 말을 듣고, 어떻게 대답을 해야 할지 몰랐습니다. 그러나, 이 욕심쟁이 할아버지 마음이 착해진 것은 가이조에게도 기쁜 일이었습니다.

6

 조금 흐린 하늘에 불꽃놀이가 시작된 것은 봄이 끝날 무렵 어느 날이었습니다. 마을 쪽에서 행렬이 새밭터를 내려왔습니다. 행렬 선두에는 검은 옷, 검고 노란 모자를 쓴 병사가 한 사람 있었습니다. 그 사람이 가이조였습니다.
 새밭터를 내려선 한 쪽편에 동백나무가 있었습니다. 지금 꽃은 이미 지고 연두색 부드러운 잎이 돋아나 있었습니다. 다른 한 편에는 절벽을 조금 파고, 그곳에 새 우물을 만들어 놓았습니다.
 그곳까지 오자 행렬이 멈췄습니다. 선두에 있던 가이조가 멈춰 섰기 때문입니다. 학교가 끝나 집에 가던 작은 꼬마 둘이 꿀꺽꿀꺽 소리를 내면서 맑은 물을 마시고 있었습니다. 가이조는 빙그레 웃으며 바라보았습니다.
 "나도 한 모금 마시고 갈까?"
 아이들이 다 마시자 가이조는 이렇게 말하며 우물 쪽으로 갔습니다.
 안을 들여다 보니 새 우물에 맑은 신선한 물이 넘치고 있었습니다. 바로 그처럼 가이조의 마음도 기쁨으로 용솟음쳤습니다.

가이조는 물을 떠서 맛있게 먹었습니다.

"나는 더 이상 바랄 게 없어. 비록 작은 일이지만, 다른 사람들을 위한 일을 남길 수 있었으니까 말이야."
하고 가이조는 누구라도 붙잡고 말하고 싶은 마음이었습니다. 하지만 그런 이야기는 하지 않고, 단지 빙긋빙긋 웃으면서 마을을 향해 언덕을 올라갔습니다.

일본과 러시아가 바다 건너편에서 싸움을 시작하고 있었습니다. 가이조는 바다를 건너서 그 싸움터 속으로 들어가고 있었습니다.

7

결국 가이조는 돌아오지 않았습니다. 늠름하게 러일전쟁의 꽃이 되어 져 버린 것입니다. 그러나 가이조가 해 놓은 일은 지금도 살아 있습니다. 동백나무 그늘 아래에 맑은 물은 지금도 펑펑 솟아나고 있고, 길에 지친 사람들은 이 물로 목을 축이고 다시 힘을 내어 또다시 길을 가고 있습니다.(1943년)

여우

니미 난키치(新美南吉)

1

달밤에 아이들 일곱 명이 걷고 있었습니다.

큰 아이도 작은 아이도 섞여 있었습니다.

달은 머리 위에서 빛나고 있었습니다. 아이들의 그림자가 짤막하게 땅바닥에 드리워져 있었습니다.

아이들은 각자 제 그림자를 보고 머리는 엄청나게 크고 다리는 짧다고 생각했습니다.

그것이 우스꽝스러워서 웃음을 터트리는 아이도 있었습니다. 하도 모양이 이상해서 두세 걸음 달려보는 아이도 있었습니다.

이런 달밤에는 아이들은 곧잘 뭔가 꿈 같은 일을 생각하곤 했습니다.

아이들은 작은 마을에서 5리 정도 떨어진 혼고(本鄕)에 밤 축제를 보러 가는 길이었습니다.

산등성이로 난 길을 오르니 봄날의 희미한 밤바람에 실려 삘릴리 삘릴리 하고 피리 부는 소리가 들려왔습니다.

아이들의 발걸음이 자연히 빨라졌습니다.

그러자 한 아이가 뒤처졌습니다.

"분로쿠(文六), 빨리 와."

하고 다른 아이가 불렀습니다.

분로쿠는 달빛 속에서 봐도 야위고, 피부가 희고, 눈이 크다는 것을 알 수 있는 아이입니다. 있는 힘을 다해 서둘러서 모두를 따라가려고 했습니다.

"응, 그렇지만 나 엄마 나막신 신고 왔는 걸."

하고 마침내 칭얼거렸습니다. 정말 가늘고 긴 다리 끝에 커다란 어른 나막신을 신고 있었습니다.

2

혼고(本鄕)에 들어서자 곧 길가에 나막신 가게가 있었습니다.

아이들은 그 가게로 들어갔습니다. 분로쿠의 나막신을 사기 위해서입니다. 분로쿠의 어머니가 부탁하셨던 것입니다.

"저어, 아주머니."

하고 요시노리(義則)가 입을 삐죽이 내밀고 나막신 가게 아주머니에게 말했습니다.

"이 녀석이 술통 가게 세이(淸) 씨네 아이인데 나막신 한 켤레 주세요. 나중에 엄마가 돈 가지고 오신댔어요."

모두는 술통 가게 세이 씨네 아이가 잘 보이도록 앞으로 떠밀어냈습니다. 그것은 분로쿠였습니다. 분로쿠는 눈을 두 번 정도 깜박거리면서 서 있었습니다.

아주머니는 웃으며 선반에서 나막신을 내려주었습니다.

어느 나막신이 발에 잘 맞을지는 발에 대어 보지 않으면 알 수 없습니다.

요시노리가 아버지나 되는 것처럼 분로쿠의 발에 나막신을 대어 주었습니다. 아무튼 분로쿠는 외아들이어서 응석받이였습니다.

마침 분로쿠가 새 나막신을 신었을 때 허리가 굽은 할머니가 나막신 가게에 들어왔습니다. 그리고 할머니는 불쑥 이런 말을 하는 것이었습니다.

"아이고 저런, 뉘집 애인지는 모르지만 밤에 새 나막신을 사서 신으면 여우가 따라온다고 하는데."

아이들은 놀라면서 할머니의 얼굴을 쳐다보았습니다.

"거짓말이야, 그거."

마침내 요시노리가 말했습니다.

"미신이야."

다른 한 아이가 말했습니다.

그래도 아이들의 얼굴에는 왠지 걱정스런 빛이 역력했습니다.

"좋아, 그럼 이 아줌마가 액땜을 해 줄게."

하고 신발가게 아줌마가 가볍게 말했습니다.

아줌마는 성냥 한 개피를 긋는 시늉을 하고 분로쿠의 새 신발 안쪽에 조금 댔습니다.

"자, 이것으로 됐어. 이제 더는 여우도, 너구리도 붙지 못해."

그제서야 아이들은 신발가게를 나왔습니다.

3

아이들은 솜사탕을 먹으면서 곱게 차린 어린이가 부채 두 개를 눈에도 띄지 않을 정도로 재빠르게 돌리면서 무대 위에서 춤추는 것을 보고 있었습니다. 지고(稚兒 : 행사 때 앞에 세우는 아이 - 역자주)는 짙은 화장으로 얼굴을 가리고 있었지만 자세히 보니까, 다후쿠(多福) 목욕탕집의 도네코(ㅏㅊ子)였습니다.

"저거, 도네코다, 흐흐."
하고 서로 수근댔습니다.

지고를 보는 것에 싫증이 나자, 어두운 곳에 가서 불꽃놀이를 하거나 돌담에 콩알탄 던지기를 하였습니다.

무대를 비추는 밝은 전등에는 벌레가 잔뜩 와서 그 주위를 둘러싸고 있었습니다. 보니까 무대 정면의 차양 바로 아래에 큰 검붉은 나방이 찰싹 붙어 있었습니다.

다시(山車 : 축제 때 쓰는 수레 - 역자주) 위의 좁은 장소에서 산바소(三番 : 일본의 노〈能〉에 나오는 노인역 - 역자주)라는 인형이 춤추기 시작하자 신사(神社) 마당의 사람들도 약간 적어진 것 같았습니다. 불꽃놀이나 고무풍선 소리도 줄어든 것 같았습니다.

아이들은 다시 아래에서 나란히 위를 올려다보며 인형 얼굴을 보고 있었습니다.

인형은 어른이라고도 어린이라고도 할 수 없는 얼굴을 하고 있습니다. 그 검은 눈은 살아 있는 것 같았습니다. 때때로 눈을 깜빡이는 것은 인형을 움직이는 사람이 뒤에서 실을 당기기 때문입니다. 아이들은 그런것을 잘 알고 있었습니다. 하지만 인형이 눈을 깜빡이면 아이들은 왠지 서글프고 으스스한 기분이 들었습니다.

그러자 갑자기 인형이 왁 하고 입을 열더니 혀를 쏙 내밀었고, 깜짝 놀라서 보니 원래대로 입을 다물고 있었습니다. 입 속이 새빨갛습니다.

이것도 뒤에서 사람이 실로 조종하는 것입니다. 아이들은 잘 알고 있습니다. 낮이었다면 아이들은 재미있어서 키득키득 웃을 것입니다.

그러나 아이들은 지금은 웃지 않았습니다. 초롱불 속에서, 그림자가 짙은 초롱불 속에서 마치 살아 있는 사람처럼 눈을 깜빡이거나 혀를 내미는 인형… 그것은 어쩐지 섬뜩한 것이었겠지요.

아이들은 생각했습니다. 분로쿠의 새 나막신 문제를 저녁에 새 나막신을 사서 신고 다니면 여우한테 홀린다던 그 할머니의 말을.

아이들은 자신들이 너무 늦도록 놀았다는 것도 깨달았습니다. 자신들이 지금부터 돌아가야 할, 5리나 되는 벌판길이 있다는 것도 깨달았습니다.

4

돌아가는 길도 달밤이었습니다.

그러나 돌아가는 달밤은 왠지 지루했습니다. 아이들은 묵묵히—각자 스스로의 마음을 살피기라도 하듯, 걷고 있었습니다. 언덕길 위에 다다랐을 때, 한 아이가 다른 아이에게 귓속말로 무언가를 속삭였습니다. 그러자 그걸 들은 아이는 또 다른 아이에게 다가가 무언가를 속삭였습니다. 그리고 그 아이가 다시 또 다른 아이에게 속삭였습니다—이리하여 분로쿠만 빼고 아이들은 무언가를 귀에서 귀로 전했습니다.

그것은 이런 것이었습니다. "신발 가게 아줌마가 분로쿠의 신발에 정말로 성냥을 그어 액땜을 해 주었던 것일까. 그냥 흉내만 냈을 뿐일까?"

그러고 나서 아이들은 또 묵묵히 걸어갔습니다. 그러면서 아이들은 생각하고 있었습니다.

여우한테 홀린다는 것은 어떤 것일까? 분로쿠 몸속에 여우가 들어가는 것일까? 분로쿠의 모습이나 몸은 그대로 있으면서, 마음은 여우가 되는 것일까? 그러면 지금 벌써 분로쿠는 여우한테 홀려 있을지도 모르잖아. 분로쿠는 가만히 있으니까 모르지만, 마음속은 이미 여우가 되어 버렸을지도 몰라.

달밤에 같은 길을 걷고 있으면 누구나 같은 생각을 하게 마련입니다. 그래서 모두 발걸음이 저절로 빨라졌습니다.

키 작은 복숭아 나무로 둥글게 둘러싸인 연못가에 다다랐을 때 누군가가

"콜록."

하고 작은 기침을 했습니다.

쥐죽은 듯 걷고 있었으므로 모두는 그 작은 기침 소리조차 무심코 넘길 수가 없었습니다.

아이들은 지금 기침한 것이 누구인가를 몰래 알아보았습니다. 그리고는, 분로쿠가 했다는 것을 알았습니다.

분로쿠가 콜록 하고 기침을 했다! 그렇다면 이 기침은 특별한 의미가 있는 것이 아닌가 하고 아이들은 생각했습니다. 곰곰이 생각해 보면 그것은 기침이 아닌 것 같았습니다. 여

우 울음 소리였던 것 같았습니다.

"콜록."

하고 또 분로쿠가 기침을 했습니다.

분로쿠는 여우가 되어 버렸어 하고 아이들은 생각했습니다. 우리들 안에 여우가 한 마리 있어 하고 모두 두려워했습니다.

5

술통 가게 분로쿠네 집은 아이들의 집과는 조금 떨어진 곳에 있었습니다. 넓은 귤밭에 둘러싸여 있는 집으로, 한 채만, 습지에 외롭게 서 있었습니다. 아이들은 언제나 수차(水車)에서 조금 길을 돌아서 분로쿠를 집 앞까지 데려다 주곤 했습니다. 왜냐하면 분로쿠는 술통 가게 세이로쿠(淸六) 씨네 단 하나뿐인 소중한 도련님으로 응석꾸러기였으니까요. 분로쿠의 어머니는 아이들에게 자주 귤과 과자를 주면서, 분로쿠와 잘 놀아달라고 부탁하러 오곤 했습니다. 오늘밤도 축제에 갈 때는 그 문 앞까지 분로쿠를 데리러 갔던 것입니다.

아이들 모두 마침내 수차가 있는 곳까지 왔습니다. 수차

옆에 나 있는 작은 오솔길로 숲 속을 내려갑니다. 그 길이 분로쿠네 집으로 가는 길입니다.

그런데 오늘밤은 모두 분로쿠를 잊기나 한 듯, 아무도 바래다 줄 생각을 하지 않습니다. 잊기는커녕 분로쿠가 두려운 것입니다.

응석꾸러기 분로쿠는 그래도 항상 친절한 요시노리(義則)만은 이리로 와 줄 거라고 생각하고 뒤쪽을 바라보면서 수차(水車) 그늘까지 왔습니다.

결국 아무도 분로쿠와 함께 가지 않았습니다.

분로쿠는 혼자 달빛이 환하게 비치는 골짜기로 나 있는 오솔길을 내려가기 시작했습니다. 어딘가에서 개구리가 개굴개굴 목젖을 울리며 우는 소리가 들리고 있었습니다.

분로쿠는 여기서 집까지는 그리 멀지 않으니까 누가 데려다 주지 않아도 별로 상관이 없습니다. 그러나, 늘 데려다 주곤 했는데, 오늘밤만은 데려다 주지 않는 것이었습니다.

분로쿠는 멍한 것 같지만 실은 잘 알고 있습니다. 모두 자기의 나막신에 대해 뭐라고 이야기를 하고, 또 자기가 기침을 해서 어떤 일이 벌어졌는지를.

축제에 가기 전까지는 그렇게 친절했던 모두가, 자기가 밤에 새 나막신을 신고 여우에게 홀렸는지도 모른다고 아무도 돌봐주지 않는 것이 서운했습니다.

요시노리는 분로쿠보다 4학년이나 상급생인 친절한 형이고, 다른 날 같으면 분로쿠가 추위하면 옷 위에 걸쳤던 겉옷까지 벗어서 빌려주곤 했습니다(시골 소년은 추울 때 옷 위에 겉옷을 입고 있습니다). 그런데 오늘은 분로쿠가 아무리 기침을 해도 겉옷을 빌려주겠다고 하지 않았던 것입니다.

분로쿠네 집을 둘러싸고 있는 상록수 울타리에 이르렀습니다. 뒤쪽으로 난 작은 나무문을 열고 안으로 들어가면서 분로쿠는 조그마한 자기 그림자를 보고 문득 걱정이 되었습니다.

―어쩌면 나는 정말 여우에게 홀렸는지도 몰라. 그렇다면 아빠 엄마는 나를 어떻게 할까.

6

아버지가 나무통조합에 가서 오늘밤은 아직 돌아오지 않아, 분로쿠와 어머니는 먼저 잠자리에 들기로 했습니다.

분로쿠는 초등학교 3학년인데도 아직도 어머니와 함께 자고 있습니다. 외아들이라 어쩔 수 없는 일이었습니다.

"자, 축제 얘기를 엄마에게 들려주렴."

하고 어머니는 분로쿠의 잠옷 깃을 여며 주며 말했습니다.

어머니는 분로쿠가 학교에서 돌아오면 학교 이야기를, 마을에 가면 마을 일을, 영화를 보러 가면 영화 이야기를 해달라고 하는 것이었습니다. 분로쿠는 이야기를 잘하지 못했기 때문에 더듬더듬 이야기를 합니다. 그래도 어머니는 정말 재미있어 하며 기쁜 마음으로 분로쿠의 이야기를 들어주는 것이었습니다.

"지고말이지 가만 보니까 오다후쿠 목욕탕집 도네코였어."

라고 분로쿠는 말했습니다.

어머니는 그랬었니, 라고 하며 재미있다는 듯이 웃고

"그리고 또 누가 나왔는지 잘 모르겠던?"

하고 물었습니다.

분로쿠는 기억을 떠올리려는 듯이 눈을 크게 뜨고 가만히 생각해 보다가, 이윽고 축제이야기는 그만두고 이런 이야기를 꺼냈습니다.

"엄마, 밤에 새 나막신을 사서 신으면 여우가 씌워?"

어머니는 분로쿠가 무슨 뚱단지 같은 이야길 하나? 하는 생각에 잠시 어리둥절했다가 분로쿠의 얼굴을 쳐다보고는 오늘밤 분로쿠에게 대충 무슨 일이 일어났는지 짐작이 갔습니다.

"누가 그런 이야기를 하던?"

분로쿠는 정색을 하면서 조금 전에 자기가 물었던 질문을 반복했습니다.

"정말이야?"

"거짓말이야! 그런 건! 옛날 사람이 그런 말을 한 것뿐이야."

"거짓말이지?"

"거짓말이고 말고!"

"틀림없지!"

"그럼!"

얼마 동안 분로쿠는 입을 다물고 있었습니다. 잠자코 있는 동안 커다란 눈동자를 두 번 빙글빙글 굴렸습니다. 그러고 나서 말했습니다.

"만약에 정말이라면 어떻게 하지?"

"어떻게 하다니, 뭘?"

하고 어머니가 되물었습니다.

"만약 내가 정말로 여우가 되어 버리면 어떻게 해?"

어머니는 배꼽을 잡고 웃었습니다.

"응, 응, 응."

하고 분로쿠는 좀 멋쩍은 듯한 얼굴을 하고 어머니의 가슴을 양손으로 세게 밀었습니다.

"그러게 말이야." 하고 어머니는 조금 생각하더니 말했습니다. "그러면 이제 집에 둘 수는 없겠지."

분로쿠는 그 말을 듣자 슬픈 얼굴을 하였습니다.

"그러면 어디로 가?"

"가라스네(鴉根) 산 쪽으로 가면 돼. 지금도 여우가 있다고 하니까, 그리로 가지."

"엄마랑 아빠는 어떻게 해?"

그러자 어머니는 어른이 아이를 놀릴 때 하는 것처럼 아주 심각한 얼굴로 짐짓 그럴듯하게,

"아빠랑 엄마랑 의논을 해서, 귀여운 분로쿠가 여우가 되어 버려서 우리도 이 세상에 아무 즐거움도 없게 되었으니 사람을 그만두고 여우가 되자고 결정할 거야."

"아빠도 엄마도 여우가 될 거야?"

"응, 내일 밤에 둘이서 나막신 가게에서 새 나막신을 사서 신고 함께 여우가 될 거야. 그리고 분로쿠 여우를 데리고 가라스네(鴉根) 쪽으로 가야지."

분로쿠가 커다란 눈을 반짝이며

"가라스네는 서쪽이야?"

"나라와(成岩)에서 서남쪽에 있는 산이란다."

"깊은 산?"

"소나무가 나 있는 곳이지."

"사냥꾼은 없어?"

"사냥꾼이라니, 총 쏘는 사람 말이니? 산속이니까 있을지도 모르지."

"사냥꾼이 쏘러 오면, 엄마 어떻게 해?"

"깊은 동굴 속에 들어가서 셋이서 웅크리고 있으면 보이지 않을 거야."

"하지만 눈이 내리면 먹이가 없어지잖아. 먹이를 찾으러 나갈 때 사냥개한테 들키면 어떻게 해?"

"그러면, 죽을 힘을 다해 달아나야지."

"하지만 아빠랑 엄마는 빨라서 괜찮지만, 나는 어리니까, 따라가지 못하잖아."

"아빠랑 엄마가 양쪽에서 손을 끌어 줄게."

"그러는 사이에 개가 바로 뒤에 와 있으면?"

어머니는 잠시 말이 없으셨습니다. 그러고 나서 천천히 말했습니다. 정말로 진지하게 말했습니다.

"그러면 엄마는 절뚝거리면서 천천히 가지."

"왜?"

"엄마가 처지면 개가 물겠지. 그 동안에 사냥꾼이 와서 엄마를 묶어 가겠지. 그 사이에 너랑 아빠랑은 도망가야 해."

분로쿠는 깜짝 놀라서 엄마 얼굴을 말똥말똥 쳐다보았습니다.

"싫어, 그런 일은 싫어, 엄마. 그러면 엄마가 죽잖아."

"그래도 그렇게 하는 수밖에 없어. 엄마는 절뚝거리면서 천천히 갈게."

"싫어, 엄마. 엄마가 죽잖아."

"그래도 그렇게 하는 수밖에 없잖아. 엄마는 절뚝거리면서 천천히 가는 수밖에…."

"싫다니까 싫어, 싫어!"

분로쿠는 울먹이면서 어머니 품으로 달려들었습니다. 눈물이 뚝뚝 흘러내렸습니다.

어머니도 잠옷 소매로 살짝 눈 주위를 훔쳤습니다. 그리고 분로쿠가 던져 버린 작은 베개를 주워 머리 밑에 넣어 주었습니다.(1943년)

옮긴이 : 지명관

1924년 평북 정주 출생
서울대학교 종교학과 졸업, 동 대학원에서 종교철학 전공
덕성여자대학교 교수, 『사상계』 주간 역임
1974년~1993년 일본 도쿄여자대학교 교수 재직
한림대학교 한림과학원 교수 · 일본학연구소장 역임
저서 : 『아시아 종교와 복음의 논리』
　　　『한국 현대사와 교회사』
　　　『한국 문화사』
　　　『저고리와 요로이』
　　　『한국을 움직인 현대사 61장면』
역서 : 『철학입문』
　　　『칼럼으로 본 일본 사회』
　　　『전쟁 속의 여인들』 외 다수

한림신서 일본현대문학대표작선을 발간하면서

한림대학교 한림과학원 일본학연구소에서는 1995년에 광복 50년, 한일국교 정상화 30년을 기념하면서 일본학총서를 출간하기 시작했다. 그 성과에 대해서 한일 양국의 뜻있는 분들이 높이 평가해 주신 데 깊은 사의를 표한다.

본 연구소는 한국이 일본을 더욱 잘 알게 되고, 한일간의 문화교류가 활발해진다는 것이 한일 양국을 위하는 것일 뿐 아니라 21세기를 향한 동북아시아의 평화와 새로운 질서를 수립하는 데 크게 이바지한다고 생각한다. 그런 뜻에서 일본학총서도 발간해 왔던 것이다. 앞으로도 그 사업을 계속할 것이며 연륜을 더해감에 따라 큰 발자취를 남기게 될 것을 의심하지 않는다.

그런 확신을 가지고 지금까지 일본학총서 발간에 보내 주신 한일 양국 여러분의 성원에 보답하는 의미에서 여기에 새로이 한림신서 일본현대문학대표작선을 발간하기로 했다. 일본 문학은 이미 세계 문학사에서 확고한 자리를 차지하고 있다.

일본은 전통적으로 문학 속에 사상을 담아 왔기 때문에 일본 사회를 알기 위해서는 일본 문학을 알아야 한다고들 흔히 말한다. 그럼에도 불구하고 지금까지 상업성을 위주로 하는 일반적인 출판사업에서는 일본 문학의 전모를 알기에는 어려운 사정이 많았던 것이 사실이다. 그러므로 본 연구소는 일본을 바로 이해하기 위하여, 한일간의 문화교류를 더욱 촉진하기 위하여 여기에 일본현대문학대표작선을 간행하기로 했다.

이러한 노력이 우리 문화발전에도 크게 이바지할 수 있기를 바라면서 일본에서도 한국 문화를 일본에 알리기 위한 노력이 일어나서 한일간에 새로운 세기를 좀더 밝게 전망할 수 있게 되기를 바란다.

여러분들의 계속적인 성원을 기대해 마지 않는다.

1997년 11월
한림대학교 한림과학원 일본학연구소